교과서에 나오는 우리 고전 새로 읽기 6
고미담 고미답
• 애정 소설 •

교과서에 나오는 우리 고전 새로 읽기 **6**

고전은 **미래**를 **담**은 그릇

고미담

고전이 **미래**의 **답**이다

엄예현 글 | **김주경** 그림

아주 좋은 날

사랑 이야기는 동서고금을 막론하고 많은 사람들의 마음을 사로잡았습니다. 그만큼 인류에게 사랑이 중요하다는 뜻이겠지요. 세상이 아무리 변해도 사랑의 위대한 힘과 가치는 바래지 않으니까요. 사랑은 때로 고통을 주기도 하지만, 그 속에 담긴 의미는 모두 소중하답니다. 어떤 사랑은 불꽃처럼 타오르기도 하고, 어떤 사랑은 꽃향기처럼 은은하게 퍼지기도 하지요. 또 어떤 사랑은 눈물로 얼룩져 있기도 하고요.

고미담 고미담 시리즈의 마지막 편에서는 세 가지 빛깔의 사랑 이야기를 다뤘습니다. 바로 오랫동안 우리 민족에게 사랑받은 〈춘향전〉과 〈운영전〉 그리고 〈구운몽〉입니다.

판소리계 소설인 〈춘향전〉은 직접 공연을 보는 것처럼 생동감 넘치는 작품이에요. 양반인 이몽룡과 기생의 딸 춘향의 신분을 초월한 사랑 이야기로, 누가 언제 지었는지는 정확하지 않아요. 이런 설정은 〈춘향전〉의 배경이 된 조선 후기의 영향을 받았어요. 조선 후기는 신분 제도가 흔들리기 시작한 시기였으니까요.

〈운영전〉 역시 작가를 알 수 없는 고전 소설로, 원래 제목은 '수성궁몽유록'이에요. 주인공이 꿈에서 겪은 일을 바탕으로 지은 몽유록 소설이기 때문이지요. 유영이라는 가난한 선비가 수성궁에 놀러 갔다가 꿈속에서 궁녀 운영과 김 진사를 만나고, 그들에게서 비극적 사랑 이야기를 듣게 되는 이야기랍니다. 운영과 김 진사의 슬픈 사랑은 죽은 이후에 완성되지요.

〈구운몽〉은 조선 시대 숙종 때의 문신 김만중이 지은 소설이에요. 김만중이 자신을 걱정할 어머니를 위로하기 위해 한글로 지은 작품이지요. 〈구운몽〉에서 '구(九)'는 성진과 팔선녀를 가리키고, '운(雲)'은 인간의 삶을 이리저리 떠다니는 구름에 비유한 거예요. 김만중이 유배지에서 쓸쓸하게 지내고 있을 때 지었으니 부귀영화가 모두 헛된 것이라는 깨달음도 이야기에 담았겠지요. 그런데 김만중이 〈구운몽)을 통해 전하고 싶었던 것이 '덧없는 인생'뿐이었을까요? 겉으로 보면 현실 세계의 부귀영화는 한순간 꿈과 같이 허무하다는 것이 주제이지만, 그 안에 또 다른 주제가 숨어 있다고 할 수 있어요. 세속적 욕망과 집착을 버려야만 깨달음을 얻을 수 있고, 바람직한 삶을 살 수 있다는 것이 바로 〈구운몽〉의 숨겨진 주제이지요.

세 작품 모두 당시 시대 상황을 드러내고 있는데, 그것이 무엇인지 찾아보세요. 사랑의 더 큰 의미까지 발견할 수 있다면 금상첨화겠지요. 이 세상은 크고 작은 여러 빛깔의 사랑으로 움직이고 있으니까요. 자, 그럼 지금부터 타임머신을 타고 애정 소설의 세계로 떠나 볼까요? 출발!

차
례

춘향전

이몽룡과 성춘향

조선 시대 숙종 임금 시절, 전라도 남원 땅에 월매라는 기생이 살았다. 월매는 얼굴도 예쁘고 춤과 노래 솜씨도 뛰어나서 이웃 고을까지 소문이 자자했다.

기생으로 이름을 날리던 월매였지만, 마냥 행복한 것은 아니었다. 평범한 여인들처럼 한 남자의 아내로 살고 싶은 마음이 간절했던 것이다. 때마침 벼슬을 그만두고 고향에 내려와 있던 성 참판을 만난 월매는 그의 첩이 되어 평화롭게 지내게 되었다. 하지만 나이 마흔이 넘도록 자식이 없어서 늘 마음이 허전했다.

그러던 어느 날, 정성껏 기도를 올리던 월매는 선녀에게 복숭아꽃을 받는 꿈을 꾸었다. 그로부터 열 달 뒤, 어여쁜 딸이 태어났다. 아들이 아닌 것은 서운했지만 귀한 자식을 얻었으니 소원을 이룬 셈이었다. 아기 이름을 '봄 향기'라는 뜻의 춘향이라 짓고 애지중지 귀하게 키웠다.

어머니가 비록 양반의 첩이었지만 기생 출신인지라, 춘향 역시 기생의 신분을 이어받았다. 하지만 월매는 춘향을 양반집 규수 못지않게 바르게 키웠다. 얼마 뒤 성 참판이 세상을 떠나자, 월매는 춘향에게 더욱 정성을 쏟았다.

시간이 흐를수록 춘향의 아름다움은 빛이 났다. 아리따운 얼굴에 마음씨 또한 곱고 효성이 지극해 어머니를 정성껏 받들었다. 이웃 사람들을 대할 때도 예절이 바르고 공손했다. 게다가 얼마나 총명한지 글공부에 바느질까지 어느 것 하나 빠지지 않았다. 춘향의 소문은 봄 향기처럼 널리 퍼져 나갔다.

이 무렵 남원 고을의 사또는 이한림이라는 양반이었다. 대대로 명문 가문에 충신의 후손인 이한림에게는 아들이 하나 있었다. 이름은 '몽룡'으로 어머니가 용꿈을 꾸고 낳았다고 해서 그렇게 지은 것이다.

몽룡은 됨됨이가 반듯하고 글재주가 뛰어났다. 풍채 또한 듬직하고 얼굴도 잘생긴 열여섯의 젊은 도령이었다. 원래 한양 삼청동에 살았는데, 아버지를 따라 남원으로 내려와 지내고 있었다. 몽룡은 아침마다 부모님께 안부를 묻고 글공부에 힘썼다.

그러던 어느 봄날이었다. 버들가지가 늘어지고 온갖 봄꽃이 활짝 피어 향기가 사방으로 퍼졌다. 꽃향기를 따라 새들이 짝을 지어 날아들자, 몽룡의 마음도 자꾸 들썩거렸다.

하루는 몽룡이 읽던 책을 덮고 하인 방자를 불렀다.

"애, 방자야. 이 고을에서 경치가 아름다운 곳이 어디냐?"

"글공부를 하시는 도련님이 경치 좋은 곳은 왜 찾으시오?"

"예로부터 뛰어난 시인들은 아름다운 강산을 구경하며 훌륭한 시를 짓지 않았더냐? 게다가 오늘은 단오(음력 5월 5일에 지내는 명절)

이니 어서 말해 보거라."

곰곰이 생각하던 방자가 남원에서 절경으로 꼽히는 장소들을 술술 읊었다. 몽룡은 그중에서 남문 밖 광한루에 가 보기로 했다.

광한루에 올라 사방을 살펴보니 정말로 경치가 아름다웠다. 멀리 보이는 산에는 안개가 자욱이 깔리고, 푸른 나뭇잎들이 꽃바람에 하늘거렸다. 흐드러지게 핀 꽃 속으로 갖가지 새가 날아들고, 시냇가에 핀 꽃들은 벙긋벙긋 웃는 듯하니 참으로 아름다운 오월이었다. 몽룡이 오작교를 바라보다가 몹시 감탄해 소리쳤다.

"정말 아름답구나! 이렇게 좋은 날, 시가 빠질 수 없지."

까마귀와 까치가 놓은 높고 맑은 다리
옥 계단 놓인 아름다운 누각 광한루.
묻노니, 하늘나라 직녀는 누구인가?
한껏 즐거운 오늘은 내가 바로 견우로다.

몽룡은 나지막한 목소리로 시를 읊었다. 그러고는 방자가 싸 온 술을 마시고 거나하게 취해서 이리저리 거닐었다.

마침 이때 춘향이도 단옷날을 맞아 곱게 단장을 하고 나섰다. 고운 머리는 땋아 댕기를 매고, 노랑 저고리에 붉은 비단 치마, 초록 장옷 차려입고 사뿐사뿐 걸음을 내디뎠다. 몸종인 향단을 앞세워 그네를 뛰러 가려는 것이었다.

춘향은 광한루 근처 커다란 버드나무에 매어 놓은 그네 앞에 이르자 장옷을 벗어 나뭇가지에 걸어 두었다. 자주색 꽃신도 벗어 던지고, 삼 껍질로 꼰 긴 그넷줄을 고운 손으로 붙잡고 버선발로 살짝 굴렀다.

"향단아, 밀어라."

향단이가 그넷줄을 뒤로 당겼다가 앞으로 힘껏 밀었다. 춘향이 점점 높이 솟구치니 그 모습이 마치 날아가는 꽃처럼 아름다웠다.

이때 광한루를 거닐던 몽룡이 그네 뛰는 춘향을 보고 넋이 빠져 중얼거렸다.

"방자야, 저 건너 수풀 사이로 오락가락 희뜩희뜩하는 것이 무엇이냐?"

"이 고을 퇴기(기생 노릇을 하다 물러난 여자) 월매의 딸 춘향입니다."

"퇴기의 딸이라고? 얼른 가서 불러오너라."

"그게 좀 어렵습니다. 춘향이 비록 기생의 딸이라고 하나, 어릴 때부터 곱게 자라 이제껏 누구도 얼씬하지 못했소. 그런데 도련님이 부른다고 쪼르르 달려오겠소?"

몽룡은 방자의 말에 크게 웃었다.

"세상 무엇에든 짝이 있다는 말이 있다. 그러니 얼른 가서 불러오너라."

몽룡의 명령에 방자는 허둥지둥 그네 쪽으로 달려갔다.

"춘향아! 큰일 났다. 사또 댁 도련님이 널 불러오라 하시는구나."

"내가 관아의 기생도 아닌데 오라 가라 한단 말이냐? 아무리 사또의 아들이라고 해도 여염집 여자를 부를 리 없고, 부른다 해도 갈 리 없다."

혼자 광한루로 돌아온 방자는 춘향의 말을 그대로 전했다. 몽룡은 고개를 끄덕이며 춘향에게 전할 말을 다시 일러 주었다. 하지만 방자가 달려가 보니 춘향은 이미 그 자리에 없었다. 할 수 없이 방자는 춘향의 집까지 찾아갔다.

"우리 도련님이 다시 말씀을 전하라고 하신다. 춘향이 네가 기생이라서 부른 게 아니라 글재주가 뛰어나다고 해서 부른 거란다. 여염집 처녀를 부르는 것이 예의 바른 행동은 아니지만, 탓하지 말고 한번 다녀가라 하시는구나."

연분이 되려 했는지, 춘향도 몽룡을 만나고 싶다는 생각이 들었다. 하지만 어머니의 마음을 몰라 가만히 있었다. 그때 월매가 갑자기 무릎을 치며 말했다.

"내가 지난밤에 청룡이 연못에 잠긴 꿈을 꾸었는데, 그게 허사가 아니구나. 사또의 자제 이름이 몽룡이라고 하니, 꿈 몽(夢) 자에 용 룡(龍) 자, 참으로 신통하게 맞는구나. 양반이 부르는데 아니 갈 수 있겠느냐? 잠깐 다녀오너라."

그제야 춘향은 못 이기는 척 일어나 방자를 따라나섰다. 광한루 난간에 기대서 있던 몽룡은 춘향이 다가오자 가슴이 뛰었다. 춘향의 모습이 꽃같이 아름다워 이 세상 사람이 아닌 듯했다.

조심조심 누각에 오른 춘향은 부끄러워 저만치 떨어져 있었다. 춘향이 눈길을 들어 몽룡을 살펴보니 보기 드물게 잘생긴 도령이었다. 게다가 큰 벼슬을 얻어 충신이 될 관상이었다. 마음이 흡족해진 춘향은 부끄러워 고개를 숙였다.

"예로부터 같은 성끼리는 혼인을 하지 않는다고 했다. 네 성은 무엇이고, 나이는 몇이냐?"

"소녀의 성은 성가이고, 나이는 열여섯입니다."

몽룡이 활짝 웃으며 크게 반가워했다.

"나이는 나와 동갑이고, 성이 다르니 우리는 천생연분이로구나. 하늘이 정한 연분으로 우리가 만났으니 한평생 행복하게 잘 살아 보자꾸나."

그 말에 춘향이 고운 눈썹 찡그리며 입을 열었다.

"하지만 그건 안 될 말이지요. 도련님은 사또 나리의 귀한 아들이고, 저는 비록 글공부는 하였으나 첩의 자식입니다. 도련님께서 제게 정을 주고 떠나시면 저는 평생 홀로 울게 될 것이옵니다. 그러니 그런 말씀은 하지 마세요."

그러자 몽룡은 안달이 났다.

"걱정 말거라. 우리 둘이 굳은 약속을 할 것이니라. 오늘 밤, 내가 네 어미에게 인사를 드려야겠구나. 내가 찾아가면 부디 괄시나 하지 말거라."

그 말을 듣자 춘향의 얼굴이 발그레 달아올랐다.

아름다운 약속

춘향과 헤어져 공부방으로 돌아온 몽룡은 빨리 해가 지기만을 기다렸다. 마지못해 책을 펼쳐 놓았으나, 한 글자 한 글자가 모두 춘향으로 보여 도저히 글을 읽을 수가 없었다.

그러다가 어스름한 저녁이 되었다. 몽룡은 사또가 관아 일을 끝내고 잠자리에 들기를 기다렸다가 가만히 밖으로 나왔다. 초롱불을 든 방자가 앞장서고, 몽룡이 그 뒤를 따랐다. 밤이 깊어 길에는 달빛만이 가득했다.

춘향의 집에 도착하니 거문고 소리가 은은하게 들려왔다. 방자가 목소리를 낮춰 춘향을 불렀다.

"춘향아, 잠들었느냐? 도련님이 오셨다."

깜짝 놀란 춘향이 엉겁결에 소리쳤다.

"어머니, 방자가 도련님을 모시고 왔어요."

모든 사태를 짐작한 월매는 급히 향단을 찾았다. 그리고 별당(본채의 곁이나 뒤에 따로 지은 집이나 방)에 불을 밝히고 술상을 준비하라고 일렀다. 옷매무새를 가다듬은 월매가 마당으로 나와 몽룡을 맞았다.

"제가 춘향이의 어미입니다. 귀하신 도련님이 누추한 곳까지 오시다니 황송하옵니다."

"상관없으니 어서 들어가자."

　월매는 집 안 깊숙이 있는 별당으로 몽룡을 안내했다. 그제야 춘향이도 문을 열고 나타났다. 춘향은 부끄러워 고개를 숙인 채 가만히 있었다. 몽룡도 어찌할 바를 몰라 그저 방 안을 둘러볼 뿐이었다. 그때 눈치 빠른 월매가 나섰다.

"사또의 아드님이 어찌 저희 집에 오셨는지요?"

　몽룡이 기다렸다는 듯 환하게 웃으며 말했다.

"우연히 광한루에서 춘향을 잠깐 봤는데, 그 자태가 너무 아름다워 다시 왔다네. 오늘 밤 내가 자네의 딸 춘향과 백년가약을 맺고 싶은데 자네 생각은 어떠한가?"

"말씀은 고맙지만 제 사정을 들어 보십시오. 제 딸은 한양에 사시던 성 참판의 자식입니다. 안타깝게도 그 어른이 일찍 세상을 떠나시는 바람에 우리를 한양으로 데려간다는 약속을 지키지 못했지요. 춘향이가 천한 어미 손에 자랐지만, 양반집 규수 못지않게 글공부도 제

법 하고, 예의범절도 부족함이 없으니 누가 기생의 딸이라고 깔보겠습니까? 허나 도련님과 제 딸은 신분이 달라서 혼인하기 어려우니 백년가약이라는 말씀은 거두시고 그저 잠시 놀다 가십시오."

사실 이것은 월매의 진심이 아니었다. 춘향의 앞날이 걱정스러워 하는 말이었다.

"그런 걱정은 하지 말게나. 비록 격식을 갖춘 혼인은 아니지만 양반의 자식이 한 입으로 두말을 하겠는가? 그러니 허락하게나."

몽룡이 간곡하게 말하자 월매의 얼굴이 서서히 밝아졌다.

"아무리 봐도 두 사람은 하늘이 내린 인연인 듯하오. 그러니 이제부터 도령을 내 사위로 알겠소."

월매가 향단에게 술상을 내오게 했다. 정성껏 준비한 술상에는 온갖 음식이 차려져 있었다. 소갈비찜, 돼지갈비찜, 닭고기, 냉면, 생밤, 떡과 부침개까지 없는 것이 없었다. 모두 월매의 솜씨로, 몽룡을 맞을 준비를 미리 해 둔 것이었다.

"급히 준비하느라 상이 조촐하오. 부족하게 생각지 마시고 입맛대로 잡수시오."

"부족하다니 무슨 말이오? 예를 갖추어 제대로 혼례를 치르고 싶지만, 그러지 못해 미안하고 부끄럽소. 그러나 우리 두 사람 마음만은 무엇보다 단단할 것이오."

몽룡은 춘향과 자신의 잔에 술을 가득 부었다.

"춘향아, 우리 이 술을 혼례 술로 알고 함께 마시자. 귀하게 만난 인연, 천년만년 변치 않을 인연, 백년해로하다가 같은 날 같은 시간에 죽을 우리 인연을 위해 마시자꾸나."

몽룡은 잔을 들어 마신 뒤에 월매에게도 권했다.

"장모, 이렇게 좋은 날, 내 술 한잔 받으시오."

술잔을 받는 월매의 눈에 기쁨의 눈물이 맺혔다.

어느덧 밤이 깊었다. 보름달은 둥실 떠오르고 바람에 꽃향기가 사방으로 날리는 아름다운 봄밤이었다.

그 뒤로 몽룡은 춘향의 집을 수시로 드나들었다. 몽룡과 춘향의 정은 점점 깊어지고, 하루라도 못 보면 안달하며 꿈같은 세월을 보냈다. 처음에는 부끄러워 얼굴만 붉히던 춘향도 시간이 흐르자 웃기도 하고 장난을 치기도 했다. 아리따운 춘향을 바라보던 몽룡이 넘치는 사랑을 노래로 불렀다.

사랑 사랑 내 사랑이야.

태산같이 높은 사랑

바다같이 깊은 사랑

달빛 아래 천생연분, 너와 내가 만난 사랑

꽃비 내린 동산에 모란꽃같이 고운 사랑

푸른 바다 그물같이 얽히고 맺힌 사랑

네가 모두 사랑이로구나.

어화둥둥 내 사랑아.

홍에 겨운 몽룡의 노래는 그칠 줄을 몰랐다. 몽룡과 춘향이 정답게 놀고 있는데 방자가 황급히 달려왔다.

"도련님, 사또께서 부르십니다."

몽룡은 춘향의 집을 나와 서둘러 아버지에게 달려갔다.

"몽룡아, 임금님께서 나를 동부승지(조선 시대에 공예, 건축 등의 일을 맡아 보던 벼슬)로 임명하셨다. 나는 이곳의 일을 정리하고 갈 것이니, 너는 어머니를 모시고 먼저 한양으로 떠나거라."

아버지의 말에 몽룡은 가슴이 덜컹 내려앉았다. 분명 집안의 경사였으나, 춘향과 헤어져야 한다고 생각하니 애간장이 녹는 듯했다. 몽룡은 차마 아버지께 춘향의 이야기를 꺼낼 수 없었다. 어머니께 사실을 말씀드렸지만 꾸중만 듣고 물러났다.

몽룡은 터벅터벅 춘향의 집으로 향했다. 몽룡이 눈물을 흘리자 춘향이 놀라서 물었다.

"대체 무슨 일입니까? 점잖은 도련님이 왜 그러세요?"

"춘향아, 아버님께서 동부승지가 되셨다. 이제 우리는 이별해야 한단다."

"도련님은 이 남원 땅에서 평생 사실 생각이셨습니까? 도련님이 먼

저 올라가시면 저도 뒤따라 올라갈 것이니, 아무 걱정 마세요. 제가 한양으로 가더라도 도련님의 첫째 부인이 될 수는 없겠지요. 그러니 부유하고 귀한 집의 여인을 골라 장가도 드세요. 그러다가 도련님이 과거에 급제하여 벼슬이 높아지면 저를 첩으로 맞으면 되지 않겠습니까?"

춘향의 말에 몽룡이 한숨을 쉬었다.

"그럴 수 있다면 내가 왜 울겠느냐? 어머니께 네 얘기를 드렸더니 꾸중이 대단하셨다. 양반의 자식이 기생을 데려간다면 평생 벼슬도 못하게 된다는구나. 그러니 앞으로 우리는 몇 년 동안 떨어져 지낼 수밖에 없다. 아아, 양반의 신분이 원수로다."

몽룡의 말에 춘향의 얼굴빛이 확 변했다. 몹시 놀란 춘향이 서럽게 울며 두 손으로 가슴을 쳤다.

"영영 이별이라니, 이 세상에 이처럼 서러운 이별이 어디 있습니까? 이 답답한 마음을 어찌하란 말입니까?"

이때 월매가 춘향의 울음소리를 듣고 급히 달려왔다. 앞뒤 사정을 알아챈 월매는 춘향의 방문을 열어젖혔다.

"아이고, 이게 웬 날벼락인가. 춘향이, 이것아! 어서 죽어라. 죽은 네 시체라도 저 양반이 지고 가게, 어서 썩 죽어라. 양반이고 뭐고 다 소용없다. 비슷한 처지의 짝을 만났더라면 좋았을 것을, 자기 분수 모르고 유별나게 굴더니 잘됐다, 잘됐어!"

이번에는 월매가 몽룡에게 와락 달려들었다.

"이보시오, 잘난 사위, 말 좀 해 보시오. 내 딸이 뭘 잘못했다고 이런 일을 당하게 하시오? 춘향이가 부족한 게 무엇이란 말이오?"

그러자 춘향이 어미를 달랬다.

"어머니, 도련님을 너무 닦달하지 마오. 내 팔자가 이런 걸 어쩌겠어요. 어머니는 이제 그만 건넛방으로 가세요. 도련님과 밤새도록 이야기를 나누며 실컷 울기라도 하게요."

춘향은 생각할수록 눈물이 났다.

"울지 마라, 춘향아. 우리 연분은 절대 끊어지지 않을 것이다. 내가 장원 급제하여 너를 데리러 올 때까지 몸 건강히 잘 지내야 한다."

몽룡이 슬픔을 누르며 춘향을 달랬다. 서로 울고 달래며 작별을 아쉬워하는데, 방자가 헐레벌떡 달려왔다.

"도련님, 사또께서 도련님 찾는다고 난리가 났소. 어서 가십시다."

몽룡이 말을 타고 떠나자 춘향이 슬픔을 이기지 못하고 털썩 주저앉았다. 한 사람은 떠나고, 한 사람만 남은 것이다. 춘향은 몽룡을 그리워하며 기다림의 세월을 보내기 시작했다.

고집불통 변 사또

　얼마 지나지 않아 남원 고을에 변학도라는 신임 사또가 부임했다. 변 사또는 글도 잘 짓고, 인물과 풍채가 좋았지만 술과 여자를 무척이나 밝혔다. 게다가 성격이 괴팍하고 지혜롭지 못해서 백성들을 힘들게 하고, 송사를 잘못 판결하는 일이 많았다. 그래서 사람들은 그를 고집불통이라고 불렀다.

　변 사또는 백성들의 형편을 살피는 일에는 관심이 없고, 오로지 자신을 즐겁게 해 줄 기생부터 찾았다. 게다가 남원에 내려오기 전부터 춘향의 미모가 뛰어나다는 소문을 들었기에 부임하자마자 고을 기생들을 불렀다.

　"여봐라, 기생 점고(사람 이름 옆에 일일이 점을 찍어 가며 조사함) 하라!"

　이방(고을 원의 일을 거드는 낮은 벼슬아치)이 남원의 기생들을 모두 불러 변 사또에게 소개했다. 명원이, 도홍이, 채봉이, 연심이, 계향이, 홍련이, 죽심이, 난향이, 옥섬이…… 그러나 변 사또가 기다리던 춘향의 이름은 없었다.

　"아니, 어째서 춘향이는 부르지 않느냐?"

　"춘향이는 기생이 아니라 기생 하다 물러난 월매의 딸이옵니다. 지금은 전 사또의 아드님과 백년가약 맺고 절개를 지키는 중이라 합니다."

"어미가 기생이면 그 딸도 기생이지. 어서 기생 명부에 춘향을 올리고 내 앞에 데려오도록 하라!"

변 사또의 명을 받고 사령(조선 시대에 관아에서 심부름하던 사람)들이 춘향의 집으로 몰려갔다. 월매는 사령들이 온 이유를 듣고는 술과 음식을 대접하고 돈까지 찔러 주었다. 그러자 사령들은 변 사또에게 춘향이 병이 나서 못 온다고 핑계를 댔다. 변 사또가 크게 화를 내자 놀란 사령들이 다시 춘향의 집으로 뛰어갔다.

춘향은 일부러 낡은 저고리를 입고 울면서 사령들에게 끌려가다시피 했다. 춘향을 본 변 사또는 크게 기뻐했다. 소문대로 춘향은 아주 뛰어난 미인이었다.

"춘향이, 너는 오늘부터 내 수청(윗사람의 시중을 드는 일)을 들어라."

"엄중한 사또의 분부이오나, 그 명을 따를 수 없사옵니다. 여인은 오직 남편만을 모시는 법이라고 알고 있으니, 그 분부를 거두어 주소서."

"기생의 딸이 수절을 한다고? 네가 양반집 부인이라도 되는 줄 아느냐?"

"기생의 자식은 사람도 아니란 말씀이옵니까? 사또의 분부를 따를 수 없으니 그렇게 아시오."

춘향이 대들자 변 사또가 호통을 쳤다.

"여봐라! 저 계집을 형틀에 묶고 매우 쳐라!"

매 치는 사령이 형틀에 묶인 춘향을 곤장으로 내리쳤다. 그러나 차마 죄 없는 춘향을 힘껏 치지는 못하고 소리만 요란하게 곤장을 휘둘렀다. 한 대, 두 대, 곤장 맞는 수가 늘어날수록 춘향은 어금니를 꼭 물고 아픔을 참았다.

"이래도 내 명을 거역할 테냐?"

"차라리 나를 죽이시오. 죽는 한이 있어도 사또 수청은 못 들겠소. 죽어서 새가 되어 달 밝은 밤 우리 도련님 꿈에라도 찾아가리다."

변 사또는 기가 막혀 버럭 소리를 질렀다.

"고얀 것 같으니라고! 뭣들 하느냐, 저것을 매우 쳐서 항복하게 하라!"

매질이 열 대, 스무 대, 스물다섯 대를 넘기자 춘향은 더는 견디지 못하고 기절하고 말았다. 춘향에게 곤장을 치던 집장사령이 눈물을 닦으며 중얼거렸다.

"내가 빌어먹게 되더라도 이 짓은 못하겠다, 사람이 할 일이 아니로다."

옆에 있던 아전과 사령들 그리고 담 너머에서 구경하던 백성들도 고개를 돌리며 눈물을 흘렸다. 그제야 변 사또는 춘향에게 큰칼(죄인의 목에 씌우는 구멍 난 널빤지)을 씌워 옥에 가두라고 명령했다.

이렇게 춘향은 옥에 갇힌 신세가 되고 말았다. 월매는 초주검이 된 춘향을 끌어안고 울며 탄식했다. 그때 키 크고 속없는 기생 하나는 싱글벙글 웃으며 춤을 추었다. 그 모습을 본 사람들이 손가락질하며 나무랐다.

"네가 미쳤구나. 춘향이가 다 죽게 생겼는데 춤을 추다니!"

"뭘 모르시는 말씀이오. 춘향이 소문이 퍼지면 남원 고을에도 열녀 났다고 열녀문이 세워질 것이니 좋은 일 아니오?"

춤을 추던 기생도 끝내는 울음을 터뜨렸다.

춘향은 감옥에 갇혀 눈물과 한숨으로 세월을 보냈다. 마음속에는 오로지 몽룡 생각뿐이었다.

그러던 어느 날, 춘향은 바람벽에 기댄 채 깜빡 잠이 들었다. 꿈속에서 곱게 칠한 집에서 놀고 있는데, 갑자기 앵두꽃이 떨어지고 거울이 깨졌다. 문 위에는 허수아비가 달린 듯 보였다. 밖으로 나가 보니 높은 산이 와르르 무너지고, 강물은 다 말라 있었다. 깜짝 놀라 깨어 보니 다행히 꿈이었다.

"아무래도 내가 죽을 꿈이로구나."

춘향은 걱정으로 잠을 이루지 못했다. 춘향의 꿈 이야기를 들은 월매가 용하다는 눈 먼 점쟁이를 불러왔다. 점쟁이는 중얼중얼 꿈풀이를 했다.

"아주 좋은 꿈이로구나. 꽃이 떨어지니 분명 열매를 맺을 것이요,

거울이 깨졌으니 소리가 나는 것은 당연하고, 문 위에 허수아비가 달려 있으니 많은 사람들이 우러러본다는 뜻이다. 또한 산이 무너지면 땅이 되고 강물이 마르면 용이 보일 징조로다. 조만간 먼 곳에서 귀한 사람이 찾아와 맺힌 한이 풀릴 운수로구나.”

점쟁이가 장담하며 떠났지만 좋은 소식은 오지 않고 세월만 흘러갔다.

춘향이 고난을 겪는 동안, 한양으로 올라간 몽룡은 밤낮으로 공부에 힘썼다. 춘향이 보고 싶었지만 꾹 참고 책만 읽었다. 마침내 몽룡은 공부한 보람이 있어 장원 급제를 하였다. 임금은 몽룡의 흠 없는 글재주를 칭찬하고, 전라도 암행어사 벼슬을 내렸다. 벼슬아치들의 잘잘못을 가리고, 효자와 열녀를 가려 상을 내리라는 분부였다.

몽룡은 어사 신분을 숨기기 위해 낡은 옷에 너덜너덜한 헌 갓을 썼다. 살만 남은 낡은 부채로 겨우 햇빛을 가리고 나서니 영락없는 거지꼴이었다. 몽룡은 어사 마패를 옷 속에 깊이 감추고 전라도로 달려갔다.

며칠 후 전라도 땅에 도착한 몽룡은 시중드는 서리와 역졸을 불러 각각 임무를 맡겨 보냈다. 남원 고을이 가까워질수록 춘향을 만난다는 생각에 가슴이 설렜다. 발걸음을 재촉하고 있는데, 농부들이 모를 심으면서 부르는 노랫소리가 들렸다. 몽룡은 농부들에게 이곳 사또가 백성을 잘 보살피는지 슬쩍 물어보았다. 그러자 한 농부가 손을 내저었다.

"아휴, 사또가 계집에게 푹 빠져 고을 일은 뒷전이라오."

"계집이라니?"

"춘향이 소식을 모른다니 먼 데서 왔나 보군. 아, 글쎄, 사또가 수청을 거절한 춘향이를 매질하고 옥에 가두었다오. 세상에 춘향이 같은 열녀는 드물 것이오. 백년가약 맺었다는 사또 아들은 한양으로 떠난 뒤 소식도 없으니, 그런 나쁜 놈이 어디 있소?"

이 말을 들은 몽룡은 가슴이 내려앉았다. 몽룡은 어서 춘향을 구해야겠다는 생각으로 부지런히 발걸음을 옮겼다. 몽룡이 막 산모퉁이를 도는데 아이 하나가 혼잣말을 하며 오고 있었다.

"한양까지 며칠이나 걸릴까? 천리마가 있다면 금세 달려가 춘향이 편지를 전할 텐데……. 불쌍하다, 불쌍해. 옥에 갇힌 춘향이는 이 도령 기다리다 다 죽게 생겼구나. 몹쓸 이 도령은 소식이 없으니, 양반들은 다 그런 것인가?"

그 소리를 듣고 몽룡은 정신이 아득하여 걸음을 멈추었다. 그러고는 아이에게 편지를 좀 보자고 하였다.

"왜 남의 부인 편지를 마음대로 본단 말이오?"

"옛말 중에 길 떠나는 사람이 출발하기 전에 편지를 다시 열어 본다는 말이 있느니라. 그러니 내가 봐도 괜찮을 것이다."

"몰골은 거지꼴인데 글은 좀 읽는 모양이오. 자, 얼른 보고 주시오.”

　아이가 준 편지를 급하게 열어 보니 춘향이 글씨가 분명했다. 핏방울로 얼룩진 춘향의 편지를 읽던 몽룡의 눈에서 눈물이 떨어졌다. 옆에 있던 아이가 놀라 물었다.

　“아니 왜 남의 편지를 보고 우시오? 그러다가 눈물에 편지 찢어지면 물어내려오?”

　“이 도령은 내 친구이니라. 내일 남원에서 만나기로 했으니 너도 같이 가자꾸나.”

　“헛소리 그만하고 어서 편지 주시오.”

　편지를 빼앗으려던 아이가 몽룡의 옷자락을 붙잡고 늘어졌다. 그러다 옷깃 사이로 언뜻 내비친 어사 마패를 보고 깜짝 놀라 물러섰다.

　“이거 대체 어디서 났소? 너무 무서워 찬바람이 나오.”

　“네 이놈! 함부로 이 사실을 말한다면 살아남지 못할 것이다.”

　몽룡은 아이에게 거듭 당부하고 남원으로 들어섰다.

암행어사 출두야!

　남원성 안의 사정을 두루 살핀 어사 몽룡은 해가 지고 어둠이 내리자 춘향의 집을 찾아갔다. 사립문 너머로 고개를 빼고 보니 월매가 맑은 물을 떠 놓고 빌고 있었다.

"비나이다, 비나이다. 천지신명께 비나이다. 죄 없는 우리 춘향이 살릴 길이 없나이다. 부디 우리 사위 이 서방이 과거에 급제하여 내 딸 춘향이를 살리게 하옵소서."

울며 기도하는 월매를 보니 가슴이 뭉클했다.

'내가 조상님 덕에 어사 된 줄 알았더니 우리 장모 덕이로구나.'

가만가만 문 앞으로 다가간 몽룡이 큰 소리로 기척을 냈다.

"이리 오너라!"

"뉘시오? 누구신데 이 심란한 사람을 부르시오?"

"허허, 장모, 나를 몰라보겠는가? 내가 바로 춘향이 서방 이몽룡이오."

"아이고, 내 사위가 오다니! 어디 갔다 이제 오나, 과거에 급제하고 춘향이 살리려고 오셨나? 어서 안으로 들어오게."

월매는 기뻐 어쩔 줄 몰랐다. 그런데 방에 들어가 몽룡을 살펴보니 영락없는 거지꼴이었다. 월매는 기가 막혀 방바닥을 치며 울었다.

"우리 사위 잘되라고 그렇게 빌었는데 이 꼴이 대체 뭔가? 아이고, 우리 춘향이 신세만 딱하게 됐네!"

"자, 이제 그만 울고 밥이나 한 그릇 주소."

몽룡은 진짜 거지인 척했다. 화가 머리끝까지 난 월매는 사위에게 달려들어 도포 자락을 쥐어뜯었다. 그럴수록 몽룡은 천연덕스럽게 굴었다. 그때 춘향을 보러 갔던 향단이 달려와 월매를 말렸다.

"마님, 도련님이 먼 길 오셨는데 너무 괄시 마세요. 만일 아씨가 알면 야단날 것이니, 제발 참으세요."

향단은 곧바로 먹다 남은 밥과 김치, 간장, 냉수를 상에 받쳐 들고 왔다. 몽룡은 밥과 반찬을 한데 붓더니 순식간에 먹어 치웠다. 옆에 있던 향단이가 춘향 생각에 흐느끼며 중얼거렸다.

"아, 우리 아가씨를 어찌하면 살릴 수 있을까?"

"울지 말거라. 설마 죽기야 하겠느냐? 죄가 없으면 반드시 풀려날 것이다."

"흥, 상거지 꼴에 그래도 양반이라고 큰소리치기는!"

월매는 몽룡이 못마땅해 고개를 돌렸다.

밤이 깊어지자, 셋은 함께 옥으로 갔다. 등불 든 향단이 앞장서고, 그 뒤를 몽룡과 월매가 따랐다. 감옥 문 앞에 도착하니 사방이 조용하고 지키는 사람도 없었다.

이때 춘향은 울다가 잠이 들어 꿈속에서 몽룡을 만나고 있었다. 장원 급제한 몽룡이 머리에는 금관을 쓰고, 몸에는 비단옷을 입고 다가왔다. 반가운 마음에 춘향은 몽룡을 얼싸안았다. 그래서 어사 몽룡이 자신을 부르는데도 듣지를 못했다. 다시 몽룡이 소리쳐 부르자, 춘향이 놀라 눈을 떴다. 그러다가 거지꼴을 하고 있는 몽룡을 보고는 울며 넋두리를 했다.

"아이고, 꿈에 보던 서방님이 오셨구나. 그런데 서방님은 어쩌다 이리 되셨어요? 서방님이 날 구하러 오시리라 믿었는데, 어찌하면 좋단 말입니까? 내일이 사또의 생일이라 잔치가 끝나면 나를 죽인다 하오. 그러니 멀리 가지 마시고 서방님이 직접 나를 묻어 주세요. 그리고 나 죽거든 불쌍한 우리 어머니를 위로해 주세요."

"허허, 춘향아, 너무 서러워 말거라. 사람의 목숨은 하늘에 달렸다고 하지 않느냐? 나를 믿고 기다려 보아라."

몽룡은 월매와 향단을 집으로 보낸 뒤 광한루로 올라갔다. 미리 약속한 나졸들이 조용히 모여들었다.

"내일은 사또의 생일잔치 날이다. 모두 흥에 취해 있을 때 어사출두 할 것이니 모두 변장하고 부근에서 대기하라."

이튿날 남원 관아는 새벽부터 분주했다. 변 사또의 생일이라 소 잡고 돼지 잡고, 귀한 술에 산해진미까지 없는 음식이 없었다. 가까운 고을의 수령들이 모여들고, 기생들은 풍악에 맞춰 춤을 추었다. 잔치판이 무르익을 무렵, 허름한 옷차림의 몽룡이 문을 열고 들어서며 고함을 쳤다.

"여봐라, 사령들아. 너희 사또께 여쭈어라. 먼 데서 온 걸인이 술이나 한잔 하고 가겠다고 말이다!"

"우리 사또께서 아무나 들이지 말라 했으니, 어서 물러가시오."

사령들이 달려들어 몽룡을 막았다.

"왜 이러느냐! 나도 엄연히 양반인데, 이리 업신여겨도 된단 말이냐?"

그 모습을 지켜보던 운봉 수령이 변 사또에게 청했다.

"사또, 저 걸인은 꼴에 양반인 듯하니, 끝자리에 앉혀 술이나 먹여 보냅시다."

변 사또는 마지못해 고개를 끄덕였다.

몽룡 앞에 음식상이 나왔는데, 낡아 귀퉁이 떨어진 개다리소반에 콩나물, 깍두기와 막걸리 한 사발이 전부였다. 몽룡은 자신의 상과 변 사또 앞에 놓인 상을 번갈아 보면서 실수인 척 개다리소반을 걷어 차 버렸다. 그러고는 운봉의 상에 있는 갈비를 집어 들더니 게걸스레 먹어 치웠다.

후르르 쩝쩝 음식 먹는 소리 요란하자 변 사또가 이맛살을 찌푸렸다. 그러자 운봉 수령이 좋은 생각이 났다는 듯 무릎을 쳤다. 그렇게 하면 걸인이 떠날 것이라 여겼던 것이다.

"이런 좋은 잔치에 춤과 노래만 있어서야 되겠소? 우리 시 한 수씩 지어 봅시다. 내가 먼저 높을 고(高) 자와 기름 고(膏) 자를 넣어서 지어 보겠소."

그리하여 모두 시를 짓고 있는데, 몽룡이 앞으로 나왔다. 눈 깜짝할 사이에 시 한 수를 적어 운봉에게 내밀고는 자리를 떴다. 시를 읽던 운봉이 덜덜 떨었다. 내용이 무시무시했던 것이다.

금동이에 담긴 맛있는 술은 만백성의 피요
옥쟁반에 담긴 맛있는 안주는 만백성의 기름이로다.
촛불의 눈물 떨어질 때 백성 눈물도 떨어지고
노랫소리 높은 곳에 원망하는 소리 드높도다.

놀란 운봉 수령이 허겁지겁 일어나는데, 아무것도 모르는 변 사또는 술에 취해 춘향을 대령하라 소리쳤다. 바로 그때 어디선가 큰 소리가 들렸다.

"암행어사 출두야!"

사방에서 들리는 쩌렁쩌렁한 목소리에 강산이 무너지고 천지가 흔들리는 듯했다. 관아에 있던 사람들은 넋을 잃고, 각 고을 수령들은 도망치기 바빴다. 순식간에 흥겨웠던 생일잔치가 아수라장이 되었다. 변 사또는 무서워 벌벌 떨다가 바지에 똥을 싸고 방으로 숨었다. 한바탕 소란이 지난 뒤에 어사가 동헌 마루에 앉아 분부했다.

"변 사또는 악행이 높으니 파면하고, 당장 옥에 가둬라!"

어사는 옥에 갇힌 죄인들을 불러 하나하나 심문한 뒤 죄 없는 사람은 즉시 풀어 주었다. 남은 죄수는 고개를 숙이고 있는 춘향이뿐이었다. 어사는 부채로 얼굴을 가리고 모르는 척 춘향에게 물었다.

"너는 기생 주제에 사또의 명을 거슬렀으니 죽어 마땅하다. 허나, 내 수청을 든다면 목숨만은 살려 주겠다."

춘향은 기가 막힐 따름이었다.

"내려오는 사또마다 참으로 훌륭한 양반들이외다. 어사또 들으시오. 우뚝 솟은 높은 바위 바람 분다고 무너지며, 푸른 소나무 눈이 온다고 변하겠소? 내 마음은 절대로 변하지 않으니 어서 날 죽이시오."

몽룡은 더 이상 묻지 않고 빙그레 웃었다.

"춘향은 나를 보아라."

그제야 춘향이 고개를 들었다. 놀랍게도 엊저녁 거지꼴로 왔던 몽룡이 어사가 되어 앉아 있었다. 춘향은 넋이 나간 듯 말을 잇지 못했다. 어사를 바라보는 춘향의 눈에서 기쁨에 겨워 눈물이 흘러내렸다. 이때 문밖에 있던 월매가 뛰어들었다.

"얼씨구절씨구, 지화자 좋다. 어제는 거지 사위, 오늘은 어사 사위. 꿈이거든 깨지 마라. 엊저녁에 구박했다고 노여워 마시오. 화가 나서 그랬으니 서운해 마시오."

월매는 울다 웃다 하며 덩실덩실 춤을 추었다.

며칠 후 몽룡은 춘향 모녀와 향단을 데리고 한양으로 올라갔다. 그리고 임금님 앞에 나아가 어사로서 한 일들을 알렸다. 임금님은 크게 기뻐하며 몽룡에게 대제학 벼슬을 내렸다. 그리고 기생 신분으로 목숨 걸고 수절한 춘향에게는 정렬부인(조선 시대에 정조와 지조를 굳게 지킨 부인에게 내리던 칭호)이라는 칭호를 내렸다.

그 뒤 몽룡과 춘향은 아들 낳고 딸 낳고 오래오래 행복하게 잘 살았다.

춘향전
부록

원전을 기본으로 하나 어려운 한자나 이해하기 힘든 부분은 풀어서 썼습니다. 또한 미루어 짐작할 수 있는 상황은 대화나 인물의 심리 상황을 추가해 고전에 쉽게 접근했습니다.

들어가기

장면1.

남학생 : (뒷짐을 지고 걸어오며) 이리 오너라!

여학생 : 갑자기 무슨 조선 시대야?

남학생 : 에헴! 내가 이번에 반장이 된 것을 모르느냐? 자, 어서 가서 핫초코 한 잔 타 오너라.

여학생 : (콧방귀를 뀌며) 너 진짜 웃기는 애구나? 권력을 이용해 사람을 부리려 하다니.

남학생 : 이리 오너라! 이리 오너라, 이리 오라니까?

여학생 : (팔짱을 끼고 뒤돌아선다)

장면2.

선생님 : 하하하, 사람의 마음을 얻으려면 그런 식으로는 안 되지. ○○이를 보니까 권력을 이용해 사람의 마음을 가지려 했던 변학도가 생각나는구나.

여학생 : 선생님, 〈춘향전〉 이야기 하시는 거죠?

선생님 : 딩동댕! 〈춘향전〉은 조선 시대에 쓰인 소설이란다. 기생의 딸인 춘향과 양반의 아들인 몽룡이 신분의 차이를 뛰어넘고 사랑을 완성하는 이야기지. 강제로 수청을 들게 하려던 변학도가 결국은 암행어사 몽룡에게 처벌받는다는 권선징악적 교훈도 담고 있어.

남학생 : 역시 반장이라는 감투만으로는 진심을 전할 수가 없는 거군요.

여학생 : (고개를 끄덕이며) 그렇지.

남학생 : (여학생을 지그시 쳐다보며) 나…… 진심으로 부탁할게.

여학생 : (기대하는 표정)

남학생 : 진심으로…… 핫초코 한 잔만 타 줘.

여학생 : 야!

장면3.

남학생 : 장난이야, 장난! 사과의 의미로 〈춘향전〉으로 삼행시를 지어 볼게!

춘 : 〈춘향전〉은 판소리로 불리다가 소설로 정착된 판소리계 소설이면서, 남녀의 애정을 다룬 애정 소설이기도

해요.

향 : 향기로운 꽃 같은 춘향과 듬직한 모습의 몽룡은 미
　　래를 약속했지만 몽룡이 한양으로 떠난 뒤, 둘 사이
　　에 시련이 생겨요. 새로 부임한 사또 변학도가 춘향
　　에게 수청을 들라 명했기 때문이에요.

전 : 전쟁 같은 날을 견디며 몽룡과의 사랑을 지켰던 춘향
　　이! 죽음의 문턱 앞에 섰을 때, 암행어사가 된 몽룡이
　　돌아와 변학도를 벌하고 춘향을 지켜 주는 권선징악
　　적 메시지를 담고 있어요.

선생님 : 좋아! 그럼 〈춘향전〉에 대해 더 알아볼까?

고미담
고전은 미래를 담은 그릇

고전 소설 속으로

　〈춘향전〉은 조선 시대에 쓰인 작자 미상의 소설이다. 입에서 입으
로 전해지던 구전 설화가 운율을 넣은 판소리로 발전한 뒤, 문자로
기록된 것이다. 〈춘향전〉은 기생의 딸인 성춘향과 남원 부사의 아들
이몽룡의 사랑과 이별, 재회를 다루고 있다. 변학도라는 장애물을

물리치고 두 주인공의 사랑이 이루어지는 애정 소설의 구조를 따르고 있다.

미리미리 알아 두면 좋은 상식들

1) 애정 소설이란 무엇인가?

남녀 간의 사랑을 주제로 한 소설을 말하며 염정 소설, 연애 소설이라고도 불린다. 조선 시대에 남녀의 사랑은 각자의 의지보다 신분, 가문 등의 외부적 요인으로 좌지우지됐다. 그렇기에 조선 시대에 쓰인 애정 소설의 가장 큰 갈등은 두 남녀의 사랑을 방해하는 외부적 요인에서 나타났다. 대표적인 애정 소설로는 〈춘향전〉, 〈운영전〉, 〈숙영낭자전〉 등이 있다.

2) 신분 질서의 붕괴와 애정 소설

유교를 기본 사상으로 삼았던 조선 시대에는 '남녀칠세부동석(男女七歲不同席, 일곱 살만 되면 남녀가 한자리에 같이 앉지 아니한다는 뜻으로, 남녀를 엄격하게 구별하여야 함을 이르는 말)'이란 가르침에 의해 남녀의 자유연애 역시 엄격히 통제됐다.

자유연애란 전통적인 관념이나 관습에 얽매이지 않고 어떤 제약도 없이 사랑하는 것을 말하는데, 조선 시대에는 자유연애를 막는 수많은 관습이 존재했다. 그러한 분위기 때문에 조선 초기에는 아름다운 애정 소설이 창작되기 힘들었다.

애정 소설의 인기는 전통적 관습의 붕괴와 함께 시작되었는데, 임진왜란과 병자호란으로 인해 신분 질서가 무너지자 자연스럽게 애정 소설의 창작이 늘어났다.

3) 판소리계 소설이란?

판소리계 소설은 판소리 사설을 기록한 소설을 말한다. 〈춘향전〉, 〈심청전〉, 〈흥부전〉 등이 있다. 판소리 사설에서 출발했기 때문에 일반적인 산문과 달리 문장에 운율이 있는 율문적 성격을 띠고 있다. 판소리계 소설은 주로 해학과 풍자를 통해 당시 시대에 대한 비판 의식을 드러낸다.

담고 싶은 이야기

〈춘향전〉은 춘향과 몽룡의 진실한 사랑을 보여 주는 애정 소설이다. 기생의 딸 춘향과 남원 부사의 아들 몽룡의 사랑을 완성하는 데에는 많은 장애물이 존재했다. 조선의 신분 제도, 몽룡의 한양행, 변학도라는 탐관오리의 존재 등이 그러하다.

〈춘향전〉은 애정 소설임과 동시에 판소리계 소설이다. 한 명의 작가가 창작 의도를 가지고 쓴 작품이 아니라, 평민들이 입에서 입으로 전한 이야기이기에 그 안에는 당시 백성들의 생각과 바람이 고스

란히 담겨 있다. 기생인 춘향이 양반인 몽룡과 사랑을 완성해 신분 상승을 원하는 마음, 변학도라는 탐관오리의 부패가 정의에 의해 뿌리 뽑히길 바라는 마음이 권선징악이라는 주제로 작품 속에 그려진 것이다.

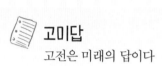

고미답
고전은 미래의 답이다

고민해 볼까?

조선 시대의 기생은 어떤 존재였을까?

춘향의 어머니인 월매는 기생이었다. 그렇다면 그의 딸인 춘향도 기생이었을까? 〈춘향전〉은 많은 이본이 존재하는 만큼 춘향의 신분에 대한 설정도 다양하다. 어느 판본에서는 어머니 월매를 따라 춘향도 기생으로 등장한다. 그러나 다른 판본에서는 춘향이 기생 생활을 거부하고 기방을 나왔다고 표현돼 있다.

기생은 지금으로 따지면 만능 엔터테이너에 가까운 종합 예술인이었다. 음악, 춤, 서예, 그림, 시 등에 재주가 뛰어났기 때문이다. 이러한 재주 덕분에 기생이 궁중 연회에 동원되기도 했다.

또한 기생은 다양한 계급으로 나뉘었다.

일패 : 궁중의 국가 행사, 연회 등에 동원된 기생이다. 가무, 창, 기예, 시, 서, 화, 학문 등을 모두 잘해야 했다. 당연히 교양도 풍부했던 편이다. 궁중에 출입하며 최상위층과 교류했기에 웬만한 명망이 있지 않으면 만나기 힘들었으며, 자부심도 높았다.

이패 : 일패와 같이 예술을 했지만, 실력으로는 일패에 못 미쳤다. 처음부터 일패보다 낮은 급의 기예만 할 수 있도록 정해져 있었다. 주로 일반 양반과 각 관아의 관리가 기예를 즐기거나 교류할 때 만났던 기생이다. 현재 남아 있는 기생에 대한 기록 중에 고급 기생에 대한 자료는 대부분 이패에 관한 것들이다.

삼패 : 기생 중 가장 하급으로, 술자리에서 낮은 수준의 잡가나 민요만을 불렀다. 일패나 이패처럼 높은 수준의 기예는 할 수 없었다. 주로 돈이 많거나 지조 높은 일반인을 상대했다. 기생에 대한 기록의 상당수가 삼패에 대한 기록이다.

위의 계급을 살펴보면 월매나 춘향이 일패의 기생은 아니었던 것으로 보인다. 몽룡과의 사랑은 사랑 그 자체로도 충분한 의미가 있지만, 춘향이 신분 상승을 할 수 있는 좋은 계기이기도 했다. 많은 우여곡절 끝에 춘향과 몽룡의 사랑이 아름답게 끝맺는 것은 당시 이야기를 구전하던 서민들이 품었던 신분 상승의 꿈이 담겨 있기 때문일 것이다.

미처 생각하지 못한 질문

1. 〈춘향전〉의 주인공은 춘향과 몽룡 두 사람인데, 왜 제목은 춘향이에게 초점을 맞추었을까?

2. 몽룡은 한양으로 떠났는데, 춘향은 몽룡과의 약속을 꼭 지켜야 했을까?

3. 만약 변학도가 춘향에게 진심으로 다가왔다면, 춘향은 변학도와 새로운 사랑을 시작했을까?

답을 찾아 한 걸음씩 나아가기

〈춘향전〉 속 춘향은 정절을 목숨보다 소중히 여긴다. 변학도의 무시무시한 협박에도 정절을 지키겠다며 목에 칼을 찬다. 평생 함께하자는 약속을 어긴 것은 몽룡인데 떠나간 몽룡을 기다리는 것은 춘향의 몫이다. 조선 시대에는 정절을 지키고자 목숨을 끊는 일이 다반사였으며, 정절을 잃으면 죽은 것이나 마찬가지로 여겼다.

?! 토론하기

• **정절이란 무엇일까?**

1. 정절의 사전적 의미를 알아보자.

2. 정절을 지켜야만 열녀가 될 수 있는 것일까? 열녀의 기준은 누가

   만든 것일까?

3. 정절을 지키는 것이 목숨을 지키는 것보다 중요한 일일까?

운영전

신비한 만남

세종 대왕에게는 여덟 명의 대군(왕후가 낳은 아들)이 있었다. 그중에서도 셋째 아들인 안평 대군은 재주와 인품이 뛰어나 따르는 사람이 많았다. 안평 대군은 인왕산 기슭에 있는 수성궁에 살았는데, 경치가 매우 빼어난 곳이었다.

하지만 아름답던 수성궁도 안평 대군이 세상을 떠난 뒤에는 폐허가 되었다. 담은 허물어지고 정원에는 잡초가 무성했다. 그런데도 사람들은 여전히 이곳을 한양에서 가장 아름다운 곳으로 손꼽았다.

청파동에 사는 유영 또한 수성궁의 아름다움을 익히 들어 알고 있었다. 채 스무 살이 안 된 유영은 학문이 높았지만, 아직 과거에 급제하지 못한 가난한 선비였다.

어느 해 봄날, 유영은 어렵게 막걸리 한 병을 사 들고 수성궁으로 향했다. 꾀죄죄한 모습으로 들어서는 유영을 보고 사람들이 손가락질을 했다. 얼굴이 달아오른 유영은 부랴부랴 뒤뜰로 피했다. 그곳은 사람들이 찾지 않아 고요했다.

유영은 서쪽 뜰로 발길을 옮겼다. 반쯤 허물어진 연못에 온갖 풀과 꽃나무의 그림자가 일렁였고, 그윽한 꽃향기가 코를 간질였다. 울적해진 유영은 바위에 홀로 앉아 술 한 병을 다 비웠다. 어느덧 해는 지고,

저녁 어스름이 깔렸다. 술에 취해 시를 읊던 유영은 바위 모서리에 기댄 채 깜빡 잠이 들고 말았다.

얼마쯤 지났을까? 유영은 서늘한 바람에 눈을 떴다. 둥그런 달이 허물어진 수성궁을 환히 비추고 있었다. 그때 어디선가 부드러운 목소리가 들려왔다. 소리가 나는 곳으로 가까이 가 보니, 앳된 선비와 아름다운 여인이 이야기를 나누고 있었다. 둘의 모습이 마치 하늘에서 내려온 신선과 선녀 같았다. 유영이 홀린 듯 다가가 물었다.

"선비께서는 어찌 이 늦은 밤에 나와 계십니까?"

"잘 오셨습니다. '길을 가다가 반가운 벗을 만나면 수레를 세우고 이야기한다'는 옛말이 있는데, 바로 우리를 두고 한 말 같습니다."

젊은 선비는 스스럼없이 유영을 대했다. 그러자 유영도 선비가 오랜 벗처럼 느껴졌다. 세 사람은 마주 앉아 이야기를 나누었다. 아름다운 여인이 누군가를 부르자 숲속에서 시녀 둘이 나왔다. 여인은 시녀들에게 술과 안주 그리고 붓과 벼루를 가져오라고 시켰다. 잠시 후 유영은 시녀들이 차려 온 술상을 보고 깜짝 놀랐다. 술상 위에 놓인 유리 술병과 술잔, 귀한 과일과 안주는 인간 세상에서는 볼 수 없는 귀한 것들이었다. 게다가 향기로운 술은 신선들이 마시는 술처럼 황홀했다. 주거니 받거니 술잔이 오고 갔다. 술기운이 거나하게 오를 즈음, 여인이 노래를 부르기 시작했다.

깊고 깊은 궁궐에서 정든 임과 이별했네.

우리들의 인연 다하지 않았는데 뵈올 길 없었네.

꽃 피는 봄마다 애태우기 몇 해던가.

밤마다 만났지만 모두 꿈이었다네.

지나간 일들은 흩어져 먼지가 되었건만

부질없이 흐르는 눈물 수건만 적시네.

노래를 마친 여인이 한숨을 내쉬며 눈물을 흘렸다. 덩달아 마음이 쓸쓸해진 유영은 자리에서 일어나 절을 하며 말했다.

"제가 비록 좋은 집안 출신은 아니지만 일찍부터 글을 익혀 시는 좀 알고 있습니다. 그런데 노래를 들어 보니, 가락은 맑지만 내용이 슬프고 처량합니다. 우리가 술을 나누며 벗이 되었는데, 이름도 모르고 슬피 우는 까닭도 알 길 없으니 참으로 섭섭합니다."

유영이 먼저 자신을 소개하자 머뭇거리던 젊은 선비가 천천히 입을 열었다.

"이름을 말하지 않은 것은 그만한 까닭이 있기 때문이오. 그러나 유 선비께서 궁금해하니 저희의 복잡하고 긴 사연을 말씀드리지요."

한동안 슬픈 얼굴로 먼 곳을 바라보던 선비가 다시 말을 이었다.

"제 성은 김입니다. 열 살에 시를 지어 서당에 이름을 알렸고, 열네 살에 과거를 치러 진사가 되었지요. 그런데 이 아름다운 여인을 알고

나서 열정을 이기지 못해 불효자가 되었습니다. 이런 죄인이 어찌 부끄러운 이름을 말할 수 있겠습니까?"

김 진사는 길게 한숨을 쉬고 옆에 있는 여인을 바라보았다.

"이 여인은 운영이고, 저 두 시녀는 녹주와 송옥이지요. 모두 옛날 안평 대군의 궁녀였습니다."

유영은 깜짝 놀랐다. 안평 대군의 궁녀라면 이 세상 사람이 아니었다. 그런데도 두려운 마음이 들지 않았다. 오히려 두 사람의 사연이 궁금했다.

"두 분의 사연을 들려주실 수는 없겠는지요?"

김 진사가 고개를 끄덕이더니 운영에게 물었다.

"이미 세월이 많이 흘렀는데 그때의 일을 기억할 수 있겠소?"

"지난날의 정과 한이 마음속에 그대로 있는데 어찌 잊겠습니까? 제가 그 시절 이야기를 할 테니 낭군님께서 받아 적으시다가 빠진 부분이 있으면 채워 주소서."

옷매무새를 가다듬은 운영이 이야기를 시작했다. 김 진사는 시녀들이 건네준 서책 겉장에 '운영전'이라고 쓴 다음 책을 펼쳤다. 그러고는 아무것도 쓰여 있지 않은 빈 종이 위에 운영의 이야기를 받아 적기 시작했다.

운영의 이야기

저의 주인인 안평 대군은 세종 대왕의 셋째 아들로, 총명하고 재주가 많으셨지요. 세종 대왕께서는 그런 안평 대군을 각별히 아끼셔서 많은 땅과 재물을 주셨답니다. 안평 대군은 열세 살 때부터 대궐 밖 수성궁에서 지내셨어요. 밤이면 책을 읽고 낮에는 시를 짓거나 글씨를 쓰면서 한순간도 헛되이 보내지 않으셨지요.

조용한 곳에서 실력을 갈고닦고자 하셨던 안평 대군은 도성 밖에 집을 짓고 '비해당'이라고 불렀습니다. 비해당은 '게을러지지 않도록 스스로 조심한다'는 뜻이지요.

하루는 대군께서 기분 좋게 취하셔서 저희 궁녀들에게 말씀하셨습니다.

"하늘이 어찌 남자에게만 재주를 주었겠느냐? 요즘 글재주를 뽐내는 사람이 많지만 특출한 사람은 드물다. 너희도 부지런히 공부하면 그들만큼은 이룰 것이다."

그러고는 나이가 어리고 예쁜 궁녀 열 명을 뽑아 공부를 시키셨답니다. 먼저 《소학》을 가르치고 《중용》, 《대학》, 《맹자》 등도 가르치셨지요. 그 이후에는 이백과 두보의 시를 비롯해 당나라 시 수백 편을 뽑아 두루 가르쳐 주셨지요. 5년이 지나자 열 명의 궁녀 모두 누가 시를 가장 잘 짓는지 겨룰 정도가 되었답니다.

열 명의 궁녀는 소옥, 부용, 비경, 비취, 옥녀, 금련, 은섬, 자란, 보련

그리고 저 운영이었지요. 대군은 저희 모두를 아끼셨어요. 하지만 저희들이 궁궐 밖으로 나가는 것을 허락하지 않으셨고, 바깥사람과 말하는 것도 금지시키셨지요. 만약 이를 어기면 죄를 묻고 목숨을 잃게 될 것이라고 하셨답니다.

하루는 대군께서 저희를 불러 말씀하셨지요.

"오늘 선비들과 술을 마시는데, 신비한 푸른 연기가 궁궐 나무에서 피어오르더니 성벽 담장을 둘러싸기도 하고 산기슭으로 날아가기도 하더구나. 그 광경을 보고 선비들이 시를 지었는데 하나같이 마음에 들지 않았다. 그러니 너희가 나이 순서대로 시를 지어 보아라."

가장 나이 많은 소옥이 먼저 시를 지어 올렸지요.

　　푸른 연기는 비단실같이 가늘어
　　바람 따라 문으로 스며 들어오고
　　짙어지다가는 옅어지고
　　어느덧 황혼이 다가왔구나.

이어 부용이 시를 읊었습니다.

　　하늘 높이 날아올라 비를 몰아오니
　　땅으로 떨어졌다가 다시 구름이 되었네.

저녁이 가까워 산 빛은 어두운데

그리운 마음 초나라 임금을 향하네.

비취는 이런 시를 지었습니다.

꽃이 시드니 벌은 갈 길을 잃고

대숲 빽빽하니 새들은 머물 곳 없네.

어두운 밤에 부슬비 내리니

창밖에서 들려오는 쓸쓸한 빗소리.

비경이 쓴 시는 이러했지요.

어린 은행나무 우거지기 어려운데

외로운 대나무 홀로 푸른빛 가득하네.

가벼운 그늘은 잠시 무거울 뿐

어느덧 해는 저물고 어두워졌네.

다음은 옥녀의 차례였지요.

해를 가린 구름은 비단처럼 가벼워라.

산을 두른 푸른 띠는 길기도 하네.
가는 바람이 불어오니 점점 흩어지고
작은 연못만 촉촉이 적시네.

금련도 시를 지어 올렸답니다.

산 밑에 차가운 연기 쌓이고 쌓여
궁전의 나무 주위로 비스듬히 날아드네.
바람이 불어와 이리저리 흩날리더니
푸른 하늘에 노을이 가득하구나.

은섬은 이렇게 노래했지요.

산골짜기에 짙은 구름 피어오르니
연못가로 푸른 그림자가 흐르네.
날아서 돌아갈 곳 찾지 못하고
이슬 방울 되어 연잎에 맺혔네.

자란의 시는 다음과 같았지요.

이른 아침 골짜기는 아직 어두운데
늘어선 높은 나무 이어져 있네.
잠깐 사이에 홀연히 날아올라
서쪽 산기슭과 앞 냇가로 날아가네.

그다음으로 저 운영은 이렇게 지어 올렸지요.

저 멀리 보이는 푸른 연기 가늘고 고우니
아름다운 사람은 비단 짜기를 멈추네.
바람을 맞아 홀로 슬퍼하더니
마음은 날아가 신선 사는 세상에 떨어지리라.

마지막으로 보련의 시는 이러했지요.

얕은 골짜기 봄 그늘에 덮여 있고
옛 서울의 물 기운 속에서 일어나더니
어느새 사람 사는 세상을 덮어 버리고
홀연히 푸른 구슬 궁궐로 만들었네.

열 편 모두 훑어보신 안평 대군이 감탄하며 말씀하셨지요.

"이 정도면 당나라 시인들의 시와 비교해도 뒤지지 않는구나."

그러고는 다시 한 번 더 시를 훑어보셨지요.

"다시 읽어 보니 자란의 시가 숨은 뜻이 깊어 절로 감탄이 나오는구나. 다른 시들도 다 맑고 좋은데 운영의 시에는 누군가를 그리워하는 마음이 담겨 있다. 내 마땅히 속마음을 물어야 하지만 시를 잘 썼으니 이번엔 넘어가겠다."

대군의 말을 듣자 제 가슴이 철렁 내려앉았어요. 궁녀가 바깥사람에게 연심을 품는다는 건 곧 죽음을 뜻하니까요. 저는 정자에서 뜰로 내려가 엎드려 울었지요.

"시를 지을 때 우연히 그런 표현이 나온 것이옵니다. 그런데 대군께 의심을 받았으니 이 자리에서 죽는다 해도 억울할 것이 없겠나이다."

잠시 저를 바라보시던 안평 대군이 부드럽게 말씀하셨어요.

"시는 마음에서 우러나오는 것이니 결코 숨기거나 가릴 수 없다. 허나 오늘 일은 덮어 두기로 했으니 더 이상 입에 올리지 말라."

그러고는 시를 지은 상으로 비단 열 필을 고루 나누어 주셨지요.

그날 밤, 눈치 빠른 자란이 저에게 넌지시 물었어요.

"네가 마음에 품은 사람이 누군지 숨기지 말고 얘기해 봐. 네 얼굴이 갈수록 수척해지니 안타까울 뿐이야."

진심으로 걱정하는 자란이 고마워서 저는 숨겨 놓은 비밀을 털어놓았어요. 생각만 해도 가슴 뛰는 사랑 이야기였지요.

지난 가을, 국화가 피고 단풍이 떨어지기 시작할 때였어요. 대군께서 글씨를 쓸 때 저희 궁녀들이 먹을 갈며 시중을 들었지요. 그때 어린 시종이 들어와 김 진사라는 젊은 선비가 왔다고 전했어요. 대군은 기뻐하며 어서 모시라고 했지요.

저희는 궁에 들어온 뒤 바깥사람을 처음 보는 거였어요. 저는 마음이 몹시 설렜지요. 진사님을 살짝 엿보니 흰옷에 띠를 맨 앳된 얼굴이었는데, 당당하고 의젓했어요.

그날 대군께서는 어쩐 일인지 저희를 숨기지 않고 그냥 두셨어요. 아마 진사님이 아직 어리고 심성이 착해 보이니 편하셨던가 봐요. 대군은 진사님과 즐겁게 이야기를 주고받았지요.

"그대의 명성은 이미 알고 있소. 가을 경치에 대한 시 한 수 부탁하오. 그러면 이곳이 더욱 빛날 것이오."

"황송하오나, 소인은 시의 멋과 운율을 잘 모르옵니다."

진사님은 손을 내저으며 말했어요. 그러자 대군은 분위기를 띄우려고 부용에게 거문고를 타게 하고 금련에게는 노래를 부르게 했어요. 보련에게는 단소를 불라 하고, 제게는 먹을 갈라고 하셨지요. 저는 손이 떨리고 가슴이 두근거렸어요. 그때 제 나이는 열일곱 살이었는데, 그토록 잘생긴 사내는 처음이었거든요. 그런데 진사님도 웃으며 저를 눈여겨보시는 게 아니겠어요? 혹시 대군께서 눈치채실까, 저는 얼른 고개를 숙였어요.

대군께서 다시 시를 청하자 진사님은 시 한 편을 지어 내놓았지요.

기러기가 남쪽으로 날아가니
궁 안에 가을빛이 깊었구나.
차가운 물속 연꽃은 빛을 잃으니
서리 내려 국화는 금빛을 드리우네.
비단 자리에 앉은 아름다운 여인이여
거문고 줄에서 음악이 흘러나오고
향기로운 좋은 술 마시고 먼저 취하니
이 몸 가누기조차 쉽지 않구나.

소리 내어 시를 읊던 대군이 감탄하며 칭찬하셨어요. 대군은 다시 시 한 수를 지어 달라고 청하셨어요. 곧바로 진사님은 시를 지어 올렸지요. 빼어난 시를 보고 놀란 대군이 진사님의 손을 잡으면서 말씀하셨어요.

"이 세상에 김 진사와 겨룰 사람은 없을 듯하오. 문장뿐만 아니라 필법도 뛰어나니, 그대는 틀림없이 큰일을 위해 태어났을 것이오."

술이 얼큰하게 취하신 대군이 흥에 겨워 초서를 한 장 써 달라고 청했어요. 진사님 또한 취기가 올라 기분 좋게 붓을 들었지요. 그런데 진사님이 글씨를 쓸 때 먹물 한 방울이 제 손가락에 떨어졌지 뭐예요.

저는 그 먹물 자국이 너무나 영광스러워서 닦지 않고 가만히 있었어요. 그러자 옆에 있던 궁녀들이 모두 웃었지요.

저는 진사님 생각에 잠을 잘 수 없었어요. 밥을 먹어도 맛이 없고, 작은 소리에도 그분이 오시나 싶어 가슴이 벌렁거렸지요. 그러다 보니 몸이 여위어 옷도 헐렁해질 정도였어요.

그날 이후 대군은 자주 진사님을 부르셨어요. 하지만 저희에게 시중을 들게 하지는 않으셨지요. 저희는 언제나 옆방에서 두 분의 대화를 엿들을 뿐이었어요. 하루는 진사님에 대한 그리운 마음을 어찌지 못하고 시를 썼답니다.

> 흰옷에 띠를 두른 선비여,
> 옥 같은 얼굴이 신선 같구나.
> 늘어뜨린 발 사이로 바라보건만
> 어찌하여 우리는 인연이 없을까.
> 흐르는 눈물로 얼굴을 씻고
> 애끓는 마음은 거문고 줄에서 울고
> 끝이 없는 가슴속 뜨거운 마음
> 고개 들어 하늘에 하소연하네.

저는 시를 적은 종이와 금비녀를 단단히 봉해 진사님께 전하려 했지만 방법이 없었어요. 마침 그날 밤, 대군께서 선비들을 불러 잔치를 베풀었어요. 그 자리에서 대군은 진사님이 쓴 시를 내놓았습니다. 손님들 모두 진사님을 칭찬하며 만나고 싶어 했지요. 대군은 사람을 보내 진사님을 불러왔어요. 저는 문틈으로나마 그리운 진사님을 볼 수 있었지요.

그런데 진사님은 아주 딴사람이 된 것 같았어요. 얼굴이 여위고, 눈은 쏙 들어가고, 당당하던 모습도 사라지고 없었지요. 저는 마음이 너무 아팠어요. 진사님도 저와 같이 그리움이 사무쳐 병이 난 거예요.

손님들 중에서 가장 나이가 어린 진사님은 맨 끝자리에 벽을 기대고 앉았지요. 저와는 벽 하나만을 사이에 두고 있는 셈이었어요.

밤은 이미 깊어 모두 술에 취해 정신이 없었어요. 저는 다른 궁녀들 몰래 문풍지에 구멍을 냈어요. 진사님도 제가 있다는 것을 눈치채고 문 쪽으로 다가왔지요. 저는 용기를 내 시와 비녀를 싼 꾸러미를 구멍으로 내밀었답니다. 진사님이 얼른 그것을 받아 품속에 넣더군요. 이렇게 해서 저는 진사님께 제 마음을 전할 수 있었지요.

김 진사의 이야기

저는 품에 숨긴 것을 보고 싶어 가만히 앉아 있을 수가 없었습니다. 그래서 몸이 아프다는 핑계로 서둘러 집으로 돌아왔지요. 꾸러미 속의 비녀를 보니 운영 아씨를 만난 듯 기뻤습니다. 하지만 시를 읽으니 몇 배나 큰 슬픔이 밀려왔지요. 운영 아씨에게 답장을 전하고 싶었지만 방법이 없었습니다. 운영 아씨를 사랑하는 마음 때문에 몸은 점점 더 말라 갔고요.

그렇게 애를 태우고 있는데, 동문 밖에 이름난 무녀가 산다는 소문을 들었습니다. 재주가 뛰어나서 안평 대군의 신임을 받아 수성궁에도 드나든다고 했지요. 저는 남몰래 무녀의 집을 찾아갔습니다. 무녀에게 부탁해 운영 아씨에게 편지를 전할 생각이었습니다. 무녀는 나에게 뜻을 이루지 못하고 3년 안에 저세상 사람이 되게 생겼다고 하더이다. 그 말을 들으니 저절로 눈물이 나왔습니다.

"나도 이미 알고 있소. 허나 마음에 맺힌 그리움은 어떤 약을 써도 풀 수 없다오. 부디 신령님의 힘으로 이 편지를 수성궁의 운영 아씨에게 전해 주시오. 그리해 주면 죽어서도 은혜를 잊지 않겠소."

무녀는 제 처지가 안타까웠는지 편지를 건네받았지요. 자칫 잘못되면 목숨을 잃을 수도 있기에, 무녀에게 조심하라고 신신당부했습니다.

다시 만난 두 사람

운영의 이야기

얼마 후, 수성궁에 무녀가 찾아왔습니다. 별일도 없는데 무녀가 나타나자 궁녀들이 이상하게 여기는 눈치였어요. 무녀는 궁에 나쁜 기운이 서린 듯해서 물리치러 왔다고 둘러댔지요. 수성궁 구석구석을 살피던 무녀는 남들 눈을 피해 저를 뒤뜰로 데리고 가더니 진사님의 편지를 전해 주었답니다. 저는 놀랍고도 기뻐 얼른 방으로 들어가 문을 걸어 잠그고 편지를 뜯어 보았지요.

　　그대를 본 뒤로 내 마음은 들뜨고 정신이 나간 것 같았소. 날마다 그대가 있는 수성궁을 바라보며 애를 태웠다오. 그대가 전해 준 편지는 읽기도 전에 목이 메었소. 한 줄 한 줄 읽어 내려갈수록 눈물이 고여 단숨에 읽지를 못했다오. 누워도 잠을 잘 수 없고, 밥을 먹어도 넘어가지 않더이다. 그대를 그리워하는 마음이 깊어 병이 되어 버렸다오. 죽기 전에 그대를 만날 수 있다면 더 이상 무엇을 바라겠소? 목이 메어 더 이상 쓰지 못하겠다오. 예도 갖추지 못하고 이리 답장을 쓴 것을 부디 용서하시오.

편지 끝에는 시도 쓰여 있었어요. 진사님의 마음이 그대로 느껴졌지요. 저는 편지를 읽고 울음이 터져 병풍 뒤로 숨었어요. 혹시 누가 알게 될까 홀로 입을 막고 흐느꼈답니다.
　그 뒤부터 저는 더욱 그리움이 깊어져 오직 진사님밖에 생각할 수 없었습니다. 이런 제 마음은 결국 낯빛과 시에 그대로 드러났지요.

그러니 대군이 저를 의심하신 것은 당연한 일이었습니다.

하루는 대군께서 열 명의 궁녀들을 절반씩 나누라고 명하셨어요. 열 사람이 한 방에서 지내다 보면 학문에 전념하기 어렵다는 생각이 셨지요. 저는 자란, 은섬, 옥녀, 비취와 함께 서쪽 궁으로 갔고, 나머지는 남쪽 궁에서 살게 되었지요. 저는 서궁에서 시를 쓰는 척하며 진사님께 보낼 편지를 썼어요. 무녀가 수성궁을 찾기를 간절히 바라면서요. 그렇게 제 마음의 병은 다시 깊어지고 말았습니다.

어느 날 저녁, 다른 궁녀들 몰래 자란이 말을 걸었어요.

"궁중 사람들은 해마다 한가위 무렵에 성 밖 개울에서 빨래를 하고 잔치를 하잖아. 그때를 틈타 무녀를 찾아가면 어떨까? 올해는 무녀 집과 가까운 소격동(지금의 서울특별시 종로구 삼청동) 근처 개울로 가게 됐으니 잘됐지 뭐야."

그날부터 저는 한가윗날이 오기만을 기다렸습니다. 차츰 세월이 흘러 마침내 계절은 가을로 접어들었지요. 저는 마음이 들떠 가만히 있을 수 없었어요. 함께 사는 서궁의 궁녀들은 제 비밀을 눈치채고 저를 놀렸지요. 저는 솔직하게 털어놓고 남궁 궁녀들에겐 말하지 말아 달라고 부탁했어요.

드디어 한가윗날이 되었어요. 저는 비단 천에 쓴 편지를 가슴에 품고 서궁을 나섰답니다. 궁녀들은 모두 장옷으로 얼굴을 가리고 말을 탔지요. 저는 자란과 함께 일부러 다른 사람들 틈에서 빠져나왔습니다. 마부에게는 무녀에게 저의 병에 대해 물어볼 것이 있다고 둘러댔지요. 마부는 의심하지 않고 무녀의 집으로 말을 몰았어요.

이윽고 무녀의 집에 이르러, 저는 무릎을 꿇고 진사님을 보게 해 달라고 간절히 부탁했어요. 참았던 눈물이 뚝뚝 떨어졌지요. 제가 눈물을 흘리자 무녀는 사람을 보내 진사님을 모셔 오라고 했어요. 얼마 뒤 진사님이 부리나케 들어오셨어요. 우리는 아무 말도 못 하고 눈물만 흘릴 뿐이었어요. 할 말은 많은데, 목이 메어 한마디도 나오지 않았지요.

"돌아가는 길에 다시 올 테니 여기에서 기다려 주세요."

겨우 말을 마친 저는 품고 있던 편지를 진사님께 드렸습니다. 소격동으로 가면서도 제 마음은 진사님 곁에 있었지요.

소격동에서 빨래를 하고 말리는 동안 잔치가 벌어졌어요. 먹고 마시고 시를 써서 읊는 동안 해는 지고 빨래도 다 말랐습니다. 궁으로 돌아갈 준비를 하는데, 이번에는 자란이 먼저 나섰어요. 저를 빨리 무녀의 집으로 보내려는 꿍꿍이였답니다.

저는 말을 타고 급히 무녀의 집으로 갔어요. 진사님은 종일 울어서 넋이 빠진 듯, 제가 온 것도 알아차리지 못했답니다. 저는 끼고 있던 옥 반지를 빼 진사님께 건넸어요. 진사님을 제 낭군으로 모시겠다는 정표였지요. 갈 길이 바빴지만 진사님께 마지막 당부를 전했습니다.

"저는 서궁에 있답니다. 오늘 밤 수성궁 담을 넘어오시면 삼생(전생, 현생, 내생인 과거, 현재, 미래를 통틀어 이르는 말)에 못 다한 인연을 이을 수 있어요."

궁녀가 궁에서 바깥사람을 몰래 만나는 건 금지된 일이었습니다. 하지만 저는 그 무엇도 두렵지 않았어요. 진사님을 만나지 못해 시름시름 앓다 죽는 것보다는 나으니까요.

그날 밤, 진사님은 수성궁으로 오셨습니다. 하지만 담장이 너무 높아 어찌할 바를 모르고 애만 태우다 돌아가고 마셨지요.

진사님의 집에는 '특'이라는 꾀 많은 하인이 있었어요. 특은 진사님의 사정을 듣고는 접을 수 있는 사다리를 만들어 주었대요. 작고 가벼운데 병풍처럼 생겨 둘둘 말면 손으로 들고 다닐 수 있었지요.

이튿날 밤 진사님이 서쪽 궁으로 가려 할 때, 특이 짐승 털로 만든 옷과 가죽 버선을 꺼내 주며 말했답니다. 털옷을 입으면 옷자락 소리가 안 나고 가죽 버선을 신으면 발소리가 나지 않는다고요. 참으로 기특한 종이지요.

마침내 진사님은 담을 넘어 들어와 서궁 쪽을 엿보았대요. 달빛은 환하고 궁 안은 조용한데, 사람 기척이 났지요. 바로 자란이었어요. 자란은 진사님을 안으로 모셨어요. 이윽고 진사님이 제 방으로 들어오셨답니다. 자란이 술상을 차려 주고 가리개를 내린 뒤 문을 닫고 나갔지요. 저희는 그날 밤 부부의 인연을 맺었습니다.

그 뒤로 진사님은 매일 어두워지면 서쪽 궁에 들어와 동이 틀 즈음 밖으로 나갔지요. 저희의 사랑은 점점 깊어져만 갔습니다.

눈이 소복하게 쌓인 어느 겨울날, 궁궐 담장 위에 진사님의 발자국이 남고 말았습니다. 이제 남궁 궁녀들까지 진사님이 드나드는 걸 알게 되었지요. 소문은 궁 안에 금세 퍼져, 제 목숨이 위태로워졌어요. 자란이도 걱정스러운 얼굴로 이제 진사님과의 만남을 자제하라고 했지요.

특은 괴로워하는 진사님에게 저를 데리고 도망가라고 했어요. 저는 진사님 얘기를 듣고는, 안평 대군께 받은 갖가지 보물을 수성궁에 두고 갈 수 없다고 했어요. 진사님은 제 말을 특에게 전했지요. 그러자 특이 눈을 반짝이며 말했답니다.

"제게 힘센 벗들이 꽤 있습니다. 그들에게 말하면 높은 산이라도 옮길 수 있을 것입니다."

며칠 사이에 저의 재물은 조금씩 진사님 댁으로 옮겨졌지요. 진사님 방이 재물로 가득 차자, 특이 말했어요.

"방에 재물이 쌓여 있으면 집안 어른들께 의심을 받을 겁니다. 그렇다고 제 집에 둘 수도 없으니, 산속 깊이 묻어 두는 것이 좋을 듯합니다."

처음에 진사님은 선뜻 내키지 않았다고 해요. 특은 웃음을 띠며 밤낮으로 재물을 잘 지키겠다고 알랑거렸지요. 사실 특의 꿍꿍이는 저와 진사님을 산속으로 끌고 가 진사님을 죽인 뒤 저와 재물을 차지하려는 계획이었어요. 하지만 세상 물정 모르는 순진한 진사님은 그 사실을 전혀 눈치채지 못했습니다.

어느 날, 안평 대군께서 글재주 있는 선비들을 부르셨어요. 비해당을 지었을 때부터 현판(글씨나 그림을 새기거나 써서 문 위나 벽에 다는 나무판)을 걸고자 하셨는데 마음에 드는 좋은 글을 얻지 못했거든요. 하지만 이번에도 대군 마음에 쏙 드는 글은 없었어요. 대군은 진사님을 불러 잔치를 벌인 뒤에 글을 써 달라 부탁했지요. 진사님은 붓을 들어 단숨에 시를 적어 내려갔답니다.

"정말 훌륭하군. 이제야 비로소 신선의 글을 얻었구나!"

그런데 진사님의 시를 읽던 대군께서 갑자기 고개를 갸웃거리셨습니다.

"이 구절이 기막히구나. '담장을 따라가며 몰래 풍류의 노래를 훔치네', 헌데 뭔가 숨기는 듯한 느낌이 있으니 참으로 이상하구나."

대군은 의심스러운 눈으로 진사님을 보셨지요. 당황한 진사님은 몸이 좋지 않다며 급히 물러났습니다.

이튿날 밤, 진사님이 저에게 오셔서 무거운 목소리로 말씀하셨어요.

"대군께서 나를 의심하기 시작했소. 오늘 밤에 달아나지 않으면 화가 닥칠 것이오."

"저도 어젯밤에 불길한 꿈을 꾸었어요. 아주 무섭게 생긴 사람이 나타나더니 성 밑에서 저를 기다렸다고 하는 거예요. 성 밑은 궁궐의 담장이고, 무섭게 생긴 사람은 특이 아닐까요? 혹시 그자가 우리를 배신하는 건 아닌지요?"

하지만 진사님은 특이 나쁜 짓을 할 리 없다고 하셨어요. 저는 떠나기 전에 자란에게 진사님과 계획한 일을 말했어요. 몹시 놀란 자란은 저를 꾸짖었지요. 자칫 모두 죽을 수도 있다고요. 차라리 병이 났다고 속이고 오랫동안 방 안에 있으면 대군께서 저를 고향에 보내 주실 것이라고 했어요. 자란의 말은 하나도 틀린 구석이 없었어요. 결국 진사님은 눈물을 머금고 집으로 돌아가셨습니다.

안타까운 죽음

서궁 뜰에 철쭉이 활짝 핀 날이었어요. 대군이 난간에 앉아 철쭉을 바라보다 저희들에게 시를 지으라고 하셨지요. 저는 그저 생각나는 대로 시를 지었답니다. 대군은 서궁의 다섯 궁녀들의 시를 훑어보다가 갑자기 얼굴을 찡그리셨어요.

"모두 실력이 좋아졌구나. 그런데 운영은 정인과 함께할 수 없는 운명을 한탄하고 있구나. 네가 그리워하는 님이 누구냐? 얼마 전 김진사의 시에도 미심쩍은 구절이 있었느니라. 혹시 그와 관련이 있느냐?"

대군은 저를 날카롭게 노려보셨어요. 가슴이 뜨끔하고 손이 바들 바들 떨렸지요. 저는 뜰에 엎드려 눈물을 흘렸답니다. 하지만 대군에 게 사실을 말씀드릴 수는 없었어요. 그러면 서궁의 궁녀들도 고문을 당할 게 분명하니까요.

저는 대군께 절을 하고 난간에 천을 매달았습니다. 차라리 죽는 게 나을 것 같았지요. 대군은 놀라 저를 말리셨습니다. 이렇게 그날 일 은 간신히 넘어갔습니다.

그 뒤로 진사님도 수성궁에 오지 않으셨지요. 저와 함께 도망가지 못한 진사님은 자리에 누워 눈물만 흘렸답니다. 그러자 특이 와서 보 고는 진사님을 살살 꾀었대요. 깊은 밤에 복면을 쓰고 들어가 이불로 저를 업고 나오겠다고요. 진사님은 너무 위험하다며 특을 말리셨어 요. 그래도 저와 상의해 보려고 궁으로 들어오셨지요. 저는 병이 들 어 일어나 앉지도 못했습니다. 가까스로 정신을 차려 서랍에 넣어 두 었던 편지를 진사님께 드렸지요. 진사님은 집으로 돌아오자마자 편 지를 뜯어 봤는데, 첫 구절부터 눈물이 났다고 합니다.

　　낭군님, 운영이 큰절 올리며 아룁니다. 이승에서 낭군님과의
　　인연을 그만 끝낼까 합니다. 하지만 낭군님을 생각하는 이 마음
　　은 변치 않을 것입니다. 우리 일을 궁 사람들이 알고 대군께서
　　도 의심하고 계십니다. 언제 화가 닥칠지 모르니 죽는 일만 남

은 듯합니다. 낭군님은 너무 슬퍼하지 마시고 힘써 공부해 장원 급제하십시오. 그리하여 벼슬길에 올라 이름과 가문을 빛내십시오. 제가 드린 재물을 팔아 부처님께 바치시고, 우리의 인연이 다음 생에 이어지도록 정성껏 빌어 주세요.

편지를 읽던 진사님은 그 자리에서 기절하고 말았답니다. 집안사람들이 급히 달려와 보살핀 덕분에 겨우 깨어났고요.

이후, 아무도 없을 때 특이 찾아왔대요. 진사님은 다른 말은 하지 않고 한 가지만 물었답니다.

"운영 아씨의 보물은 잘 지키고 있느냐? 그것을 팔아 부처님께 바치고 아씨의 소원을 빌 것이다."

하지만 특은 진사님 분부대로 하지 않았습니다. 눈치 빠르고 간교했기에 다른 마음을 먹은 거예요. 며칠 뒤 특이 허겁지겁 달려왔는데, 옷은 찢어지고, 얼굴에는 피가 줄줄 흘러 혼이 나간 듯 보였대요.

"아이고, 나리! 제가 아주 흉악한 도적놈들에게 당했습니다."

특은 발을 구르고 가슴을 치면서 통곡하더랍니다. 그런데 아무래도 수상하더래요. 진사님은 특에게 속은 것을 깨닫고는 힘센 종 수십 명을 데리고 특의 집을 찾아갔답니다.

특은 종이었지만 진사님 댁 바깥에서 따로 살고 있었거든요. 하지만 집은 텅 비어 있고, 금팔찌 한 쌍과 옥돌을 깎아 만든 거울 하나만

남아 있더랍니다.

진사님은 어쩔 줄 몰라 속이 타고 또 탔다고 합니다. 관가에 알리면 모든 일이 세상에 알려질까 두렵고, 특을 잡으려고 해도 방법이 없고, 재물을 찾지 못하면 저의 소원을 부처님께 빌 수 없으니 말입니다.

나중에 알고 보니, 특은 자기 죄가 두려워 장님 점쟁이를 찾아가 물었답니다.

"내가 얼마 전 수성궁을 지나가는데, 누군가 담을 넘어오더군요. 아무래도 도둑인 듯하여, 고함을 치며 쫓아갔지요. 그랬더니 그놈이 훔친 물건을 팽개치고 달아나더군요. 그걸 집에 갖다 놓고 주인이 나타나길 기다렸지요. 그런데 우리 주인이 보물을 발견하고 금팔찌와 귀한 거울을 빼앗고 나까지 죽이려고 하는데 어쩌면 좋을까요?"

점쟁이는 도망치는 게 좋겠다고 했답니다. 옆에서 듣고 있던 사람이 특에게 주인이 누구냐고 물어봤대요.

"우리 주인은 어린 나이에 진사에 합격했고, 글재주가 좋아 과거에 급제할 것이오. 그런데 재물 욕심이 많으니 벼슬길에 오르면 어찌할지 보지 않아도 훤하지요."

이 일은 삽시간에 퍼져 안평 대군의 귀에까지 들어갔습니다. 화가 머리끝까지 치솟은 대군은 서궁 궁녀 다섯을 잡아다 죽이라고 명했지요. 궁녀들 모두가 자신에게 잘못이 있다며 서로 죽겠다고 애원했습니다. 저는 엎드려 대군께 잘못을 빌었지요. 대군은 궁녀들의 하소

연에 다소 마음이 누그러졌습니다. 결국 저만 별당에 갇히고 다른 궁녀들은 모두 풀려났어요.

그날 밤, 저는 비단 수건으로 목을 매달아 목숨을 끊었습니다. 그것만이 남은 친구들과 진사님을 위한 길이라고 믿었으니까요.

김 진사의 이야기

운영 아씨가 자결하자 궁궐 사람들 모두가 통곡했습니다. 그 울음소리가 성문 밖까지 들렸지요. 저도 더 이상 살아갈 기운이 없었어요. 넋을 잃고 누워 있는데 운영 아씨가 부처님께 빌어 달라고 했던 말이 떠오르더군요. 그래서 하인을 시켜 운영 아씨의 금팔찌와 거울 그리고 책이며 붓, 벼루 등을 모두 팔아 쌀 마흔 석을 마련했습니다. 그러나 절에 재를 올려야 하는데 마땅히 믿을 만한 사람이 없었지요. 하는 수 없이 다시 특을 불렀습니다.

"지난 날 네가 지은 죄를 용서할 테니 지금부터라도 내게 충성을 다하겠느냐?"

"아이고, 진사님, 고맙습니다. 죽을힘을 다해 모시겠습니다."

이 말을 믿고 특에게 쌀 마흔 석을 맡겨 절로 보냈지요. 그런데 나중에 절의 스님께 들어 보니, 특은 불공을 드릴 생각은 하지 않고 며칠 동안 술을 마시며 놀았다는군요. 보다 못한 스님이 특을 타일렀답니다.

"불공을 드릴 때는 재물 못지않게 기도를 올리는 사람의 몸가짐도 중요하지요. 그러니 맑은 냇물에 가서 목욕한 후 정성껏 소원을 비십시오."

특이 냇가로 가서 씻는 척만 하고 돌아와 엉뚱한 소원을 빌더랍니다.

"진사는 오늘이라도 죽고, 운영은 내일 다시 살아나 제 아내가 되게 해 주십시오."

특은 사흘 밤낮을 이렇게 빌었답니다. 하지만 돌아와서는 엉뚱한 말을 했지요.

"운영 아씨는 반드시 살아날 것입니다. 불공을 드리던 날 밤, 제 꿈에 나타나 고맙다며 절하고 울더라고요."

어리석게도 저는 특의 거짓말을 믿었습니다. 얼마 뒤 기운을 차리자, 저는 과거를 보겠다는 핑계를 대고 절로 들어갔습니다. 그곳에서 지내는 동안 스님에게서 특의 못된 행동에 대해 자세히 듣게 되었습니다. 저는 또다시 특에게 속은 것이 너무나 분해 부처님 앞에 절을 올리며 빌고 또 빌었지요.

"부처님이시여, 운영 아씨가 다시 태어나 저의 아내가 되게 하시고 특을 벌하여 주십시오."

그로부터 일주일 뒤, 특은 술에 취해 낭떠러지에서 떨어져 죽었지요. 더 이상 바랄 것이 없어진 저는 깨끗이 목욕을 하고 방에 누워 아무것도 먹지 않았습니다. 그리고 나흘째 되는 날, 마지막 숨을 쉬고는 두 번 다시 일어나지 못했습니다.

주인 잃은 수성궁

이야기를 마친 김 진사는 붓을 놓았다. 밤은 깊고, 둥근달은 서쪽으로 한참 기울어 있었다. 운영과 김 진사는 서로를 붙들고 눈물을 흘렸다. 유영도 가슴이 미어지는 것 같았다. 유영이 두 사람을 위로했다.

"서로 그리워하던 두 사람이 오늘 밤 만났는데, 왜 그리 슬피 우십니까?"

김 진사가 눈물을 닦고 대답했다.

"우리 두 사람은 한을 품고 죽었소. 저승에 가니 염라대왕께서 우리를 가엾게 여겨 다시 세상에 태어나 살라고 하셨지요. 그러나 우리는 인간 세상에 미련이 없었습니다. 다만 화려했던 수성궁에 주인은 없고, 까마귀만 슬피 우니 어찌 슬프지 않겠습니까?"

김 진사는 눈물을 흘리면서 운영의 손을 잡았다. 그리고 유영에게 부탁했다.

"선비께서 이 책을 가지고 가셔서 세상 사람들에게 전해 주시오."

말을 마친 김 진사는 운영의 어깨에 기대어 시 한 수를 읊었다.

　꽃은 떨어지고 궁 안의 제비는 날아오르며
　봄빛은 옛날과 같건만 주인은 간 곳 없네.
　하늘 높이 솟은 달은 서늘하기만 하고
　푸른 이슬은 날개옷을 적시지 못하노라.

운영이 이어서 시를 읊었다.

　　옛 궁궐의 고운 꽃은 새로이 봄빛을 띠고
　　천년만년 우리 사랑 꿈속에 자주 나타나네.
　　오늘 저녁 여기 와 놀며 옛 자취를 찾아보니
　　막을 수 없는 슬픈 눈물이 수건을 적시네.

운영이 시를 읊는 소리를 들으며 유영은 깜빡 잠이 들고 말았다. 산새 우는 소리에 깨어 보니 구름과 연기가 궁 안에 가득하고 어슴푸레 새벽빛이 밝아 오고 있었다. 사방을 둘러보니 아무도 없고, 운영과 김 진사가 앉았던 자리에는 한 권의 책만 남아 있었다. 유영이 그 책을 품속에 넣고 돌아와 세상에 알린 것이 바로 이 책 〈운영전〉이다.

운영전
부록

원전을 기본으로 하나 어려운 한자나 이해하기 힘든 부분은 풀어서 썼습니다. 또한 미루어 짐작할 수 있는 상황은 대화나 인물의 심리 상황을 추가해 고전에 쉽게 접근했습니다.

들어가기

장면1.

여학생 : (편지를 쓰고 있다)

남학생 : 뭐 해?

여학생 : 내 마음을 전할 편지를 쓰고 있어.

남학생 : (기대하는 표정) 마음을 전할 편지?

여학생 : 응! 직접 말하기는 아무래도 어려워서…….

남학생 : 흠흠! 왜 직접 말하기가 어려워? 부끄러워서 그래? 나는 괜찮은데…….

여학생 : (고개를 들어 남학생을 쳐다보며) 그게 아니라, 직접 만날 수가 없어. 방탄소년단 오빠들한테 쓰고 있거든.

남학생 : (얼굴이 달아오른다) 뭐라고?

장면2.

선생님 : 마음을 전하기엔 편지만 한 것이 없지? 〈운영전〉의 운영

도 마음을 전하기 위해 편지를 썼단다.

여학생 : 선생님, 저 알아요! 운영이 김 진사에게 마음을 전하고
자 쓴 편지 말씀하시는 거죠?

선생님 : 그렇단다. 〈운영전〉은 조선 시대에 쓰인 작자 미상의 한
문 소설이자, 애정 소설이야. 안평 대군의 궁녀였던 운
영이 수성궁에 들렀던 김 진사와 사랑에 빠졌지만, 궁녀
라는 신분의 한계 때문에 직접 마음을 전할 수 없었지.
운영과 김 진사는 편지를 통해 서로의 마음을 확인했어.
그러나 신분의 한계와 김 진사의 노비 특의 배신으로 인
해 사랑을 완성시키지 못하고 결국 죽음으로 끝나는 비
극적인 사랑 이야기란다.

남학생 : 선생님, 마음을 전하려면 직접 말하는 게 제일 좋지 않
을까요?

선생님 : (의미심장한 웃음을 지으며) 그렇다면 ○○이도 직접
마음을 전해 보지 그러니?

장면3.

남학생 : 흠흠, 제가 운영전으로 삼행시를 지어 볼게요!

운 : 운영전은 조선 시대에 쓰인 작자 미상의 한문 소설이
에요.

영 : 영원히 안평 대군만을 모셔야 하는 운명이었던 궁녀 운영이 수성궁에 들른 김 진사를 사랑하게 되는 애정 소설이기도 해요. 조선 시대에 여성, 그것도 궁녀의 몸으로 마음을

전 : 전하려 편지를 이용했지만 사랑을 이루지 못하고 운영과 김 진사 모두 스스로 목숨을 끊는 비극적인 사랑 이야기랍니다.

여학생 : 아주 멋있었어!

선생님 : (남학생의 옆구리를 찌르며) 지금 말해 보는 건 어때?

남학생 : 흠흠! 선생님, 어서 〈운영전〉에 대해 더 알려 주세요!

고전 소설 속으로

〈운영전〉의 수많은 이본 중에는 한글로 기록된 것도 존재하지만 원본은 한문 소설이다. 〈운영전〉은 안평 대군의 궁녀였던 운영과 선비 김 진사의 이루어질 수 없는 사랑을 가난한 선비 유영을 통해 전하고 있다. 폐허가 된 수성궁을 거닐던 선비 유영이 깜빡 잠이 들었

다가 꿈속에서 운영과 김 진사의 이야기를 전해 듣는 것이 큰 줄거리이다. 대부분의 고전 소설이 권선징악을 강조하며 행복한 결말로 끝나는 것과 달리, 〈운영전〉은 비극적인 결말을 통해 이루어지지 않은 사랑의 아름다움을 보여 주고 있다.

미리미리 알아 두면 좋은 상식들

1) 몽유록과 액자식 구조

〈운영전〉은 특이한 이야기 구조를 가지고 있다. 〈운영전〉은 화자가 꿈속에서 여러 가지 경험을 하고 돌아오는 몽유록 소설이다. 이로 인해 소설은 현재(현실)-과거(꿈)-현재(꿈과 현실)를 오가며 이야기 속에 이야기가 액자처럼 존재하는 액자식 구조로 되어 있다. 보통의 액자식 구성은 액자 안의 이야기를 효과적으로 전달하기 위해 액자 밖의 이야기를 이용한다. 〈운영전〉의 화자가 유영에서 운영과 김 진사로, 또다시 유영으로 바뀌는 이유와, 현재의 이야기가 유영을 중심으로 진행됨에도 제목이 〈유영전〉이 아닌 〈운영전〉인 이유가 바로 여기에 있다.

2) 허구를 진짜처럼 만드는 힘

〈운영전〉의 화자인 유영은 꿈속에서 만난 운영과 김 진사에게 이야기를 전해 듣는다. 운영과 김 진사의 이야기를 제3자인 유영의 입을 통해 전해 듣는 액자식 구조인 것이다. 소설이란 허구의 이야기도 진짜처럼 전달해야 하는 문학이다. 이때 화자가 '내가 누구한테 들었는데……'로 이야기를 시작하면, 독자는 신뢰감을 느낀다. 더 많은 사람들이 공감할 수 있게 유영의 입을 통해 운영의 이야기를 전한 셈이다.

3) 한시(漢詩) 주고받기

〈운영전〉의 특징 중 하나는 인물들이 계속해서 한시를 지어 주고받는다는 것이다. 〈운영전〉은 한문 소설로 창작되었고, 한시를 주고받는 것은 한문 소설의 문학적 관습 중 하나이다. 또, 작품 속에서 남녀의 만남을 더욱 운치 있게 만들어 주는 장치이기도 하다. 하지만 운영과 김 진사가 한시를 주고받는 데는 또 다른 이유가 있다.

첫째, 운영이 모시는 안평 대군은 세종의 셋째 아들로, 시와 그림, 음악 등 예술에 조예가 깊었다. 그런 안평 대군이 직접 뽑아 학문을 가르친 이들인 만큼 그 재주가 뛰어나다는 것을 보여 줄 수 있다.

둘째, 이 소설이 애초에 한문으로 쓰인 소설이라는 점이다. 이는 판소리계 소설처럼 입에서 입으로 구전되다가 활자화된 작품이 아님을 의미한다. 〈운영전〉의 작가가 누구인지는 알 수 없지만, 한문으로 쓰였다는 것은 배움이 깊은 자가 집필했다는 뜻이다. 조선 시대 사대부들에게 한시란 필수 덕목이었고, 자신의 식견을 보여 줄 수 있는 좋은 도구였다.

셋째, 운영과 김 진사의 됨됨이를 효과적으로 보여 줄 수 있다는 점이다. 운영과 김 진사의 성품과 용모, 학문적 식견을 본문에서 직접 묘사하기도 했지만, 한시를 주고받는 둘의 모습을 통해 이를 다시금 강조할 수 있었다.

4) 안평 대군은 어떤 사람이었을까?

안평 대군은 세종의 셋째 아들로 예술 분야에 재주가 많았다. 시, 그림, 음악에 능했는데 특히 서예에 출중해 당시 최고의 명필로 뽑혔다. 중국의 황제에게도 알려질 정도여서 1450년 8월에는 중국에서 사신을 보내 안평 대군의 글씨를 청하기도 했다.

오늘날 남아 있는 안평 대군의 작품은 많지 않지만, 가장 유명한 작품을 꼽자면 역시 〈몽유도원도〉일 것이다. 어느 날, 안평 대군이 도원에서 노닌 꿈이 너무도 생생해 화가 안견을 불러 자신의 꿈 내용을 그리게 했다. 그렇게 완성한 안견의 그림 곁에 안평 대군이 발문을 적은 것이 〈몽유도원도〉이다.

하지만 그 아름다운 재주는 형 세조의 야망에 짓밟히고 말았다. 세조는 안평 대군이 쓴 시에 단종을 몰아내고 왕이 되려는 마음이 숨어 있다며, 이를 자신이 막겠다는 명분을 내세웠다. 이것이 바로 세조가 조카 단종을 몰아내고 왕위를 억지로 빼앗은 계유정난(1453)이다. 결국 안평 대군은 강화도로 유배를 간 지 8일 만에 죽음을 맞게 된다.

〈운영전〉은 이루지 못한 비극적 사랑을 다룬 애정 소설이다. 운영과 김 진사는 신분의 한계를 극복하지 못하고 스스로 목숨을 끊고 만다. 이를 통해 〈운영전〉은 단순한 애정 소설을 뛰어넘어, 유교 사회의 수많은 규범이 인간의 감정까지 제한하는 것이 얼마나 비극적인지 보여 주고 있다.

고미답
고전은 미래의 답이다

고민해 볼까?

조선 시대의 궁녀

〈운영전〉 속 궁녀들은 안평 대군에게 학문과 한시 등을 배우지만, 실제 궁녀들의 삶은 달랐다. 궁녀들은 궁궐에서 왕과 그 가족이 편안히 지낼 수 있도록 여러 일을 도맡았다.

궁녀는 견습 나인, 나인, 상궁으로 등급이 나뉘었는데, 입궁 후 15년이 지나면 머리를 쪽 찌고 정식 나인이 되었다. 나인이 된 후 다시

15년 뒤에야 상궁으로 승격했기에 각 등급의 차이는 굉장했다. 이와 더불어 입궁 년도와 소속 부서에 따른 차등도 있었다. 같은 상궁이라도 경력에 따라 품계가 달랐으며, 같은 정5품의 상궁이라도 소속 부서에 따라 격이 달랐다.

지밀 왕과 왕비의 침실을 맡아 신변 보호 및 의식주에 이르는 시중을 담당.

침방 왕과 왕비의 옷을 비롯해 궁중에서 필요로 하는 각종 의복을 담당.

수방 궁중에서 필요한 의복 혹은 장식물에 수를 놓는 일을 담당.

세수간 왕과 왕비의 세숫물과 목욕물을 준비하는 일을 담당.

생과방 음료와 과자 만드는 일을 담당.

소주방 식사와 잔치 음식 만드는 일을 담당.

세답방 세탁, 다듬이질, 다리미질, 염색 등 의복의 뒷손질을 담당.

궁녀들은 어린 나이(지밀의 경우 4~8세, 침방과 수방의 경우 6~13세, 그 밖의 경우 12~13세)에 입궁해 죽기 전까지 궁궐에서 일해야 했다. 모든 궁녀는 왕을 위해 살아야 했기에 머리 쪽을 찌는 계례(15세가 된 여자 혹은 약혼한 여자가 올리던 성인 의식, 땋았던 머리를 풀고 쪽을 찌었다)를 치를 때 형식적으로 혼례도 겸해서 진행했는데,

신랑은 없고 신부만 있는 기묘한 모습의 혼례였다.

　이렇게 한번 왕의 여인이 된 궁녀들은 평생 다른 이성과는 마음을 나누지 못하고, 병이 들거나 죽기 전까지 궁 안에서만 생활해야 했다. 혹시라도 다른 남자와의 소문이 돌면 태장(볼기를 치는 데 쓰던 형구)을 맞거나 귀양을 가야 했다. 그런 위험을 무릅썼기에 운영과 김 진사의 사랑이 더욱 위태롭고 아름다웠을지도 모른다.

미처 생각하지 못한 질문

1. 운영과 김 진사는 사랑을 이루지 못하고 결국 죽음을 택한다. 과연 죽음만이 정답이었을까?
2. 김 진사가 특을 조금 더 의심하고 살폈다면 무엇이 달라졌을까?
3. 유영의 존재는 운영과 김 진사의 이야기를 전달하는 역할일 뿐일까? 유영이 작품에 필요한 이유는 무엇일까?

답을 찾아 한 걸음씩 나아가기

　〈운영전〉 속 운영은 조선 시대에 궁녀 신분으로 사랑을 이루려 노력했던 인물이다. 여자가, 그것도 궁녀가 바깥사람에게 먼저 사랑의 마음을 전한 것은 대단한 용기였다. 운영처럼 온몸으로 운명에 맞선 여성 주인공이 등장하는 또 다른 고전 소설들을 찾아보자.

• 사랑의 형식은 정해져 있을까?

1. 사랑에 있어서 남자와 여자의 역할이 따로 있을까?

2. 남자는 항상 먼저 다가가야 하고, 여자는 기다리기만 해야 할까?

3. 마음을 전하는 순서나 과정이 과연 중요한 것일까?

구운몽

성진과 팔선녀

예로부터 중국은 이름난 산이 많기로 유명했다. 특히 형산(중국 후 난성에 위치한 산)의 경치는 빼어나게 아름다웠다. 형산의 남쪽으로 는 구의산 자락이 펼쳐져 있고, 북쪽으로는 동정호가 물결치고 있어 서 한 폭의 그림 같았다. 형산의 수십 개 봉우리 중에서도 가장 아름 다운 것은 연화봉이었다.

당나라 시절, 인도에서 온 육관 대사가 형산을 지나가다 연화봉의 아름다움에 반해 그곳에 법당을 짓고 부처님의 말씀을 전했다. 그 말 씀이 어찌나 좋은지 육관 대사의 가르침을 받는 제자가 수백 명이나 되었다.

그중 가장 뛰어난 제자는 성진이었다. 성진은 젊었지만 지혜롭고 총명하여 스무 살에 일찍이 불경 공부를 마쳤을 정도였다. 뿐만 아니 라 얼굴이 눈처럼 희고 마음은 거울같이 맑았다.

어느 날, 육관 대사가 제자들을 앉혀 놓고 말했다.

"동정호의 용왕님이 가끔 인간의 모습을 하고 부처님 말씀을 들으 러 오신다. 감사의 말씀을 전하고 싶지만 나는 늙고 병이 들어 어렵 구나. 내 대신 용궁에 다녀올 사람이 있느냐?"

"제가 다녀오겠습니다."

성진이 일어서며 대답했다. 육관 대사가 허락하자 성진은 산을 내려갔다. 성진이 용궁으로 떠나고 얼마 지나지 않아 팔선녀가 육관 대사를 찾아왔다.

"저희는 형산 서쪽을 지키는 위 부인이 보낸 선녀들입니다. 위 부인께서 저희더러 대사님께 안부를 여쭙고 선물을 전하라 하셨습니다."

육관 대사는 팔선녀가 가져온 하늘의 꽃과 신선한 과일, 비단을 부처님께 공양했다. 육관 대사에게 인사를 하고 나온 팔선녀는 오랜만에 들른 연화봉의 아름다움에 마음을 빼앗겼다. 골짜기마다 아름다운 꽃이 피어 있고, 산새 소리와 물소리가 악기를 연주하는 듯했다. 봄 경치에 취한 팔선녀는 폭포수를 따라 내려가다가 돌다리 위에 걸터앉았다. 맑은 물이 팔선녀를 거울처럼 비춰 주었다.

한편, 성진은 동정호의 용궁에 도착해 육관 대사의 말을 전했다.

"스승님을 대신해 감사 인사를 전하러 왔습니다."

용왕은 성진을 반기며 신선들이 먹는 음식과 과일을 정성껏 대접했다. 그리고 잔을 들어 거듭 술을 권했다. 계속 사양하던 성진은 어쩔 수 없이 술을 세 잔이나 받아 마셨다.

용궁을 나와 연화봉으로 돌아온 성진은 술기운에 비틀거리고 얼굴이 달아올랐다. 이대로 가면 육관 대사에게 혼이 날 게 뻔했기에 냇가에 가서 얼굴을 씻었다. 그런데 어기선가 그윽한 향기가 느껴졌다.

향기를 따라가니 돌다리 위에서 쉬고 있는 팔선녀가 보였다. 성진이 공손히 두 손을 모으고 부탁했다.

"저는 육관 대사의 제자로, 스승님의 심부름을 다녀오는 길입니다. 길을 내 주시지요."

"저희는 위 부인의 심부름으로 육관 대사께 인사를 드리고 돌아가는 길입니다. 저희가 먼저 쉬고 있었으니 스님께서 다른 길로 돌아가시지요."

"물이 깊어 그럴 수가 없습니다."

"옛날 부처님께서는 나뭇잎을 타고 바다를 건넜다는데, 육관 대사님의 제자라면 쉽지 않겠습니까?"

"선녀님들께서는 길을 지나가는 값을 받고자 하시는군요."

성진은 웃으며 복숭아꽃 가지를 꺾어 팔선녀 앞에 던졌다. 꽃봉오리가 떨어지자마자 여덟 개의 빛나는 구슬로 변했다. 팔선녀는 구슬을 하나씩 쥐어 들고 바람을 타고 사라졌다.

법당으로 돌아온 성진은 팔선녀의 모습이 아른거려 마음이 어지러웠다.

'세상에 나가 과거에 급제하여 큰 뜻을 이루고, 선녀들처럼 아름다운 여인과 사는 것은 어떤 삶일까? 부처님 말씀을 배우는 일은 그에 비하면 한없이 쓸쓸하구나.'

자리에 누웠지만 잠은 오지 않고, 팔선녀의 고운 모습만 떠올랐다.

성진은 그런 자신이 부끄러워 다시 일어나 불경을 외웠다. 그때 동자 스님이 찾아왔다.

"스님, 스승님께서 부르십니다."

성진은 급히 법당으로 달려갔다. 촛불 앞에 모든 제자들이 앉아 있었다. 성진이 법당에 들어서자, 육관 대사가 큰 소리로 꾸짖었다.

"성진아! 네 죄를 아느냐?"

"무슨 말씀이신지……. 스승님을 섬긴지 십 년이 넘었지만 불손한 일은 한 적이 없습니다."

"도를 닦는 승려가 용궁에서 술을 마시고, 돌다리에서 선녀들에게 꽃을 던져 장난을 치고, 돌아와서는 세상의 부귀영화만 꿈꾸지 않았느냐? 속세를 생각하며 이곳 생활을 지루해했으니, 너는 더 이상 여기 있을 이유가 없다."

"스승님, 잘못했습니다. 부디 내치지 마시옵소서. 열두 살에 스승님을 따라 중이 되었는데 어디로 가라는 말씀이십니까?"

성진이 눈물로 애원했지만 아무 소용이 없었다. 육관 대사는 황건역사(사방의 잡귀를 몰아내는 장수신 가운데 하나로, 힘이 매우 세다)를 불러 성진을 염라대왕께 데려가라 명했다. 그러고는 성진에게 말했다.

"마음이 깨끗하지 못하면 산속에서도 도를 이루기 어렵다. 네가 근본을 잊지만 않는다면 내가 직접 데리러 갈 것이니, 걱정 말고 떠나

거라."

성진은 육관 대사와 동문들에게 인사를 하고 저승으로 향했다. 지옥에 간 성진은 염라대왕 앞에 무릎을 꿇었다.

"너는 어찌하여 이곳에 왔느냐?"

"제 행실이 바르지 못한 탓입니다."

잠시 뒤 황건역사가 팔선녀를 데리고 들어왔다. 선녀들은 염라대왕 앞에 무릎을 꿇고 하소연했다.

"저희는 위 부인의 명으로 연화봉에 다녀오는 길에 스님 한 분을 만났습니다. 그분과 말장난을 하고 구슬을 얻은 죄로 잡혀 왔습니다. 제발 자비를 베풀어 주시옵소서."

염라대왕은 저승사자 아홉을 불러 명했다.

"성진과 팔선녀를 인간 세상으로 보내도록 하라!"

염라대왕이 소리치자 거센 바람이 휘몰아쳤다. 그 바람에 성진과 팔선녀가 공중으로 솟구치더니 사방으로 흩어졌다.

양소유로 환생한 성진

바람에 날리던 성진의 두 발이 땅에 닿았다. 저승사자는 성진을 대나무 울타리로 둘러싸인 초가집 앞으로 데려갔다.

"너는 곧 이 집의 아들로 태어날 것이다. 양 처사(벼슬을 하지 않고 시골에 묻혀 사는 선비)는 네 아버지가 될 것이고, 유씨 부인은 너의 어머니가 될 것이다."

성진이 우물쭈물 대자 저승사자가 뒤에서 성진의 등을 세게 밀었다. 성진이 놀라 소리를 지르자 그 소리가 아기 울음소리로 바뀌었다. 양 처사는 아기의 이름을 '소유'라고 지었다. 하늘에서 잠시 인간 세상으로 놀러왔다는 뜻이었다.

그렇게 성진은 양소유가 되었다. 처음엔 연화봉에서 있었던 일들을 다 기억했지만, 시간이 지나면서 옛 기억은 차츰 희미해졌다. 소유는 유씨 부인이 쉰 살이 넘어 낳은 아들이지만 무럭무럭 잘 자랐다.

소유가 열 살이 되었을 무렵, 원래 세상 사람이 아니었던 양 처사가 다시 신선이 되어 깊은 산골짜기로 들어갔다. 처사가 떠난 후 소유와 유씨 부인은 서로를 의지하며 더욱 열심히 살았다.

소유는 재주가 뛰어나고 남달리 총명했다. 열다섯 살이 되자 글과 시는 물론 무술에 이르기까지 따라올 자가 없었다. 때마침 나라에서 과거를 실시한다는 소문이 돌았다. 소유는 어머니께 자신의 뜻을 말씀드렸다.

"어머니, 과거를 보고자 합니다."

유씨 부인은 집을 떠나는 아들이 걱정됐지만 막을 수 없었다. 곧 소유는 과거를 보기 위해 길을 떠났다. 얼마 뒤 장안에서 가까운 화주에 닿았다. 마을을 둘러보고 있는데, 버드나무가 드리워진 작은 집 한 채가 눈에 띄었다. 수양버들 가지가 어찌나 아름답게 흐드러져 있던지, 입에서 저절로 시가 흘러나왔다.

> 푸른 비단을 짜 놓은 듯한 수양버들
> 긴 가지를 그림처럼 지붕 위에 드리웠구나.
> 버드나무를 심은 까닭은
> 이 나무가 가장 멋지고 아름답기 때문이리라.

낮잠을 자던 진 어사의 딸 채봉이 이 소리에 잠을 깼다.
'이렇게 아름다운 시를 읊는 사람이 누구일까?'
채봉은 창문 밖으로 고개를 내밀었다. 그때 양소유와 진채봉, 두 사람의 눈이 마주쳤다. 소유는 채봉의 아름다움에, 채봉은 소유의 늠름함에 놀라 한동안 말을 하지 못했다. 부끄러워진 채봉이 창문을 닫고 몸을 숨겼다. 소유도 발걸음을 돌려 주막으로 향했다. 소유가 아쉬움에 계속해서 돌아봤지만 창문은 굳게 닫힌 채 열리지 않았다.

채봉은 어머니를 일찍 여의고, 아버지인 진 어사 손에 자랐다. 이 무렵 진 어사는 나랏일 때문에 장안에 가 있었기에 채봉은 유모와 함께 지내고 있었다. 채봉은 잠깐 본 소유의 모습을 잊을 수가 없어 시를 한 수 지었다. 그런 다음 유모를 불러 시를 건넸다.

"유모, 주막에 가서 우리 집 버드나무 밑에서 시를 읊던 사람을 찾아 전해 줘. 평생을 함께하고 싶다는 내 마음도 전해 주고."

유모는 주막에서 소유를 찾아 채봉의 말을 전하고, 그에 대해서도 물었다.

"저는 초나라의 양소유이며, 어머니와 둘이 살고 있습니다. 과거를 보러 가는 길에 아가씨를 뵌 것이며, 아직 혼인은 하지 않았습니다."

소유의 이야기를 들은 유모가 채봉이 쓴 시를 건넸다.

버드나무를 심은 까닭은

낭군의 말을 매어 머물게 함이거늘

어찌 버들을 꺾어 채찍을 만들어

걸음을 재촉하시나이까.

이렇게 아름다운 시가 또 있을까! 성진은 채봉의 시를 읽고 그리운 마음이 더욱 커졌다.

"유모, 아가씨에게 오늘 밤 달빛 아래서 뵙고 싶다고 전해 주시오."

잠시 후, 유모가 다시 와서 채봉의 생각을 전했다.

"밤에 만나기엔 사람들 눈도 있고, 아버님이 아시면 꾸중하실 게 분명하니 내일 낮에 보자고 하십니다."

소유는 채봉이 보고 싶어 빨리 밤이 지나길 빌었다. 그런데 날이 밝아 올 무렵, 갑자기 요란한 소리가 들려왔다. 밖으로 나가 보니 무기를 든 군사들과 피난 떠나는 사람들로 아수라장이었다. 반란이 일어난 것이다. 꾸물거리다가는 군사로 소집될 수도 있었다. 소유는 곧바로 산속으로 피했다. 깊은 산속으로 한참을 들어가니 초가집 한 채가 보였다.

"계십니까? 반란이 일어나 잠시 몸을 숨기려 합니다."

잠시 후 문을 열고 도사 한 명이 나왔다. 도사는 소유를 보자마자 양 처사의 아들임을 알아채고 집 안으로 들였다. 소유가 감사를 표하고 앉았는데 거문고가 눈에 띄었다. 도사가 거문고를 꺼내 세상에서 들을 수 없는 아름다운 곡조를 가르쳐 주었다. 또 퉁소를 연주하는 법도 알려 주었다. 도사는 뒷날 쓸데가 있을 것이니 잘 챙겨 두라며 옛 신선이 썼다는 책도 한 권 건네주었다.

다음 날, 잠을 자고 일어나니 도사와 초가집은 사라지고 계절도 바뀌어 있었다. 사람들 말이 반란은 다섯 달 만에 끝났고, 과거는 내년 봄으로 미뤄졌다고 했다.

놀란 소유는 발걸음을 재촉해 채봉의 집으로 향했다. 하지만 채봉의 집은 이미 불에 타 그 터만 남아 있었다. 넋이 나간 소유에게 지나가던 사람이 말을 걸었다.

"진 어사는 역적 밑에서 벼슬을 했다고 사형을 당했다오. 그 댁 따님은 관원들에게 끌려갔다지, 아마?"

'그렇다면 채봉 아가씨가 죽었단 말인가?'

소유는 눈물을 흘리며 고향으로 발길을 돌렸다. 소유가 돌아오자 어머니 유씨는 죽은 사람이 살아 돌아온 것처럼 기뻐했다.

어느덧 세월이 흘러 봄이 되었다. 소유가 다시 과거를 보겠다고 하자 유씨 부인이 당부했다.

"내가 미리 외사촌 언니에게 너를 부탁했다. 그분이라면 너와 어울리는 배필을 찾아 줄 것이다. 그러니 이 편지를 꼭 전하여라."

소유는 채봉이 마음에 걸렸지만 고개를 끄덕였다. 나귀를 타고 길을 나선 소유가 낙양의 천진교를 지날 때였다. 어디선가 풍악 소리가 들렸다. 둘러보니 정자에서 선비와 기생들이 잔치를 벌이고 있었다. 소유가 다가가 인사했다.

"저는 과거를 보러 가는 시골 선비입니다. 풍악 소리에 이끌려 인사를 드리게 됐습니다. 부디 이 자리에 잠시 앉을 수 있게 해 주십시오."

선비들은 소유의 겸손한 태도를 보고는 자리를 마련해 주었다. 소유는 선비들이 따라 주는 술을 마시며 기생들의 연주와 노래를 들었다. 둘러보니 모두가 흥에 취해 있는데 한 기생만 얌전히 앉아 있었다. 그 기생의 아름다운 모습이 자꾸 소유의 눈길을 끌었다. 그 옆에는 시를 쓴 종이가 놓여 있었다.

"저 시들은 선비님들이 쓰신 것 같은데, 제가 한번 읽어 봐도 되겠습니까?"

"그러지 마시고 양 선비도 시를 써서 계섬월에게 보여 주는 것이 어떻소? 계섬월이 시를 읽고 곡조를 넣어 노래를 부르면 마음에 든다는 뜻이오. 시를 가려내는 실력은 계섬월이 낙양 제일이라오. 어느 글이 과거에 붙을지 떨어질지도 맞힐 정도이니. 게다가 시가 계섬월 마음에 든다면 오늘 밤 그녀와 사랑의 인연을 맺을 수도 있소."

"오늘은 아직 계섬월이 한 곡조도 부르지 않았으니 양 선비도 도전해 보시오."

홀로 조용히 앉아 있던 아름다운 기생이 바로 계섬월이었다. 소유는 몇 번을 사양하다가 결국 붓을 들었다. 소유의 시를 읽은 계섬월이 거문고를 튕기며 노래를 불렀다. 계섬월의 노랫소리는 맑고 아름다웠지만, 선비들의 표정은 좋지 않았다. 촌뜨기 시골 선비 소유에게 계섬월의 마음을 빼앗긴 것이 화가 났던 것이다. 분위기를 눈치챈 소유가 얼른 자리에서 일어나 인사를 하고 정자를 내려왔다. 계섬월이 뒤따라 달려 나왔다.

"이 길을 따라가시면 담 밖으로 앵두꽃이 활짝 피어 있는 집이 저희 집입니다. 오늘 저녁에 그곳에서 뵙지요."

밤이 되어 소유가 앵두꽃이 흐드러진 집으로 들어서자, 계섬월이 반가워하며 맞았다. 소유와 계섬월은 밤새 많은 이야기를 나눴다.

"저는 오늘 훌륭한 군자를 만나 말할 수 없이 기쁩니다. 제가 선비님을 따를 수 있도록 해 주시지요."

소유는 계섬월의 마음을 받아 주고 싶었지만, 채봉의 일과 어머니가 이모에게 배필을 부탁했다는 말을 할 수밖에 없었다.

"선비님은 틀림없이 과거에 급제하실 겁니다. 높은 벼슬에도 오르실 테고요. 이제 집안이 좋은 아가씨와 혼인하셔야지요. 장안에서 정 사도 댁의 아가씨가 아름답고 덕이 높다고들 합니다. 그러니 얘기하시던 채봉 아가씨는 이제 잊으세요."

동이 터 길을 떠나는 소유에게 계섬월은 꼭 자신을 다시 찾아 줄 것을 부탁하며 눈물을 흘렸다.

새로운 인연

소유는 장안에 도착하자마자 이모를 찾아갔다. 이모는 소유를 반갑게 맞이했다. 과거 시험까지는 날짜가 아직 남아 있었다.

"네 배필로 점찍어 둔 아가씨가 있단다. 정 사도 댁의 경패라는 따님이란다. 네가 이번 과거에 장원 급제한다면 혼담을 넣을 수 있을 게다."

소유는 경패 아가씨를 직접 보고 싶다고 말했다. 하지만 지체 높은 집안의 아가씨를 만난다는 건 쉬운 일이 아니었다. 며칠 뒤, 이모가 방법이 있다며 말을 꺼냈다.

"네가 거문고를 탈 줄 알고, 정 사도 댁 부인도 음악을 좋아하니 여자 악사로 꾸미고 그 집에 들어가 거문고를 연주하는 것은 어떻겠느냐? 할 수 있겠느냐?"

며칠 뒤, 소유는 뽀얗게 화장을 하고 여자 옷을 입은 채로 정 사도 댁으로 갔다. 정 사도 댁 부인 옆에 다소곳이 앉아 있는 경패를 보자 심장이 빨리 뛰었다. 용모가 비할 데 없이 아름다웠기 때문이다. 소유는 떨리는 마음을 숨기고 거문고를 타기 시작했다.

경패는 소유의 실력을 놀라워하며 거문고 가락을 듣고 있었다. 거문고 줄 위에서 나비처럼 움직이는 소유의 손을 바라보던 경패는 깜짝 놀랐다. 얼굴은 화장과 옷으로 가렸지만 손은 가릴 수 없었던 것이다. 경패는 소유가 남자라는 것을 알아차리고는 조용히 일어났다.

"몸이 안 좋아서 먼저 일어나 보겠습니다."

경패는 소유에게 희롱을 당한 것 같아 속상한 마음을 몸종 가춘운에게 털어놓았다. 하지만 어쩐지 소유의 곧은 손이 머릿속에서 떠나지 않았다.

과거 시험 날, 소유는 당당히 장원 급제를 했다. 소유의 급제 소식에 딸을 가진 부모들이 여기저기서 혼담을 넣었다. 정 사도 부부도 마찬가지였다. 소유가 한림학사(임금의 말이나 명령을 받아 조서 만드는 일을 하는 벼슬)에 오르자 모두가 얼굴이라도 보고자 했지만,

소유는 제일 먼저 정 사도 댁으로 향했다. 정 사도 부부는 소유를 반갑게 맞이하며 좋은 음식과 술로 대접했다.

"내게는 혼기가 찬 딸 경패가 있다네. 혹시 내 딸과 혼인할 생각이 있는가?"

"영광입니다."

춘운이 경패에게 이 소식을 전했다. 그리고 전에 집에서 거문고를 연주한 여자 악사와 소유가 닮았다고 일렀다. 소유가 돌아간 뒤, 경패는 이러한 이유를 대며 부모님께 결혼이 망설여진다고 털어놓았다. 하지만 오히려 정 사도는 호탕하게 웃으며 대답했다.

"글만 읽는 샌님인줄 알았더니 용감하고 풍류를 아는 사내로구나!"

아버지의 말을 들으니 경패는 자신의 머릿속에서 왜 소유의 손이 떠나지 않는지 알 수 있었다. 경패는 살며시 미소를 지었다.

혼인을 위한 준비는 천천히 진행됐다. 혼인하기 좋은 길일을 잡기 위해 준비하는 몇 개월 동안 소유는 정 사도 댁에서 머물기로 했다. 정 사도는 소유를 친아들처럼 아꼈다. 소유도 경패의 부모님을 존경하고 따랐다.

경패는 몸종 가춘운과 어려서부터 친구처럼 자랐기 때문에 혼인을 한 뒤에도 함께 지내고 싶었다. 그러려면 같은 남편을 모시고 같은 집에서 살아야 했다.

"춘운을 데려가겠다고? 그래, 쓸쓸하지 않게 벗처럼 지내면 좋겠구나."

경패의 어머니 최 부인도 쾌히 승낙하였다.

혼인이 가을로 잡혀 소유는 어머니를 모셔 오기로 했다. 하지만 쉽게 시간을 낼 수 없었다. 북쪽 지방에서 반란이 일어났던 것이다.

황제가 소유에게 반란을 일으킨 사람들에게 보낼 조서(임금의 명령을 적은 글)를 쓰라고 명령했다. 소유는 곧 글을 지어 올렸다. 황제가 조서를 보내고 얼마 지나지 않아 두 절도사(군대를 거느리고 그 지방을 다스리던 벼슬)가 항복해 왔다. 다만 연나라의 절도사는 그때까지도 버티고 있었다. 황제는 소유에게 군사를 내어 주고 연나라의 항복을 받아 오라고 당부했다.

여러 날이 지나 소유의 군대가 연나라에 도착했다. 기세등등하던 연나라의 절도사도 소유의 늠름한 풍채와 기개에 무릎을 꿇었다. 나라의 근심을 해결한 소유는 장안으로 돌아가는 길을 재촉했다. 소유가 한단이라는 곳에 이르렀을 때, 말을 타고 가는 아름다운 소년이 눈에 띄었다. 달처럼 깨끗하고 맑은 소년은 자신을 제자로 받아 달라고 했다. 소유는 소년에게 따라올 것을 허락하였다.

소유는 돌아가는 길에 낙양을 지나다가 계섬월을 만났던 정자를 발견했다. 예전의 아름다웠던 모습은 없고 쓸쓸한 바람만 불었다. 슬픈 마음으로 정자 주변을 걷고 있는데, 아름다운 여인이 다가왔다.

바로 계섬월이었다. 소유와 계섬월은 시간 가는 줄 모르고 밀린 이야기를 나누었다. 그런데 이상한 것은 함께 온 소년이 계섬월과 손을 잡기도 하고, 소곤거리기도 했다.

그날 밤, 계섬월은 잔칫상을 차려 소유에게 대접했다. 술에 취한 소유는 옆에 있던 아름다운 여인이 계섬월인 줄 알고 즐거운 시간을 보냈다. 그런데 아침에 보니 계섬월이 아니었다. 하지만 낯익은 얼굴이었다.

"제 이름은 적경홍입니다. 계섬월과는 자매보다 가까운 사이랍니다. 연나라 절도사가 저를 데려갔지만 저는 군자를 섬기고 싶었습니다. 그러던 중 멀리서 선비님을 뵙게 되었습니다. 그래서 소년으로 변장하고 절도사의 말을 훔쳐 달아난 것입니다."

적경홍의 말에 소유가 크게 웃었다. 소유는 계섬월과 적경홍을 다시 데리러 오겠다고 약속하고 장안으로 돌아갔다.

연나라 절도사가 항복의 뜻으로 황제에게 금은보화를 보내 왔다. 황제는 크게 기뻐하며 소유에게 예부 상서라는 높은 벼슬을 주고 큰 상을 내렸다.

어느 날 밤, 소유가 한림원에서 늦게까지 일을 하고 있는데 퉁소 소리가 들렸다. 은은한 퉁소 소리는 애절하기까지 했다. 소유도 답을 하듯 자신의 퉁소를 꺼내 불기 시작했다. 그러자 어디선가 학들이 날아와 소리에 맞춰 춤을 추었다. 아름다운 두 퉁소 가락에 맞춰 학들이 노니는 모습은 참으로 진기한 광경이었다.

퉁소를 불고 있는 사람은 황제의 여동생 난양 공주였다. 난양 공주
는 악사들도 다루지 못하는 퉁소를 연주하는 재주가 있었다. 게다가
난양 공주가 퉁소를 불면 학들이 날아와 춤을 추기까지 했다. 그런데
소유의 연주에도 학이 춤을 추었다는 이야기가 황제와 태후(황제의
어머니)의 귀에도 들어갔다.

"난양 공주의 짝을 드디어 찾은 것 같구나. 양 상서에게 혼담을 꺼
내 보아라."

태후의 재촉에 황제가 소유를 궁궐로 불렀다.

"양 상서, 난양 공주의 배필이 되어 주겠나? 태후 마마도 자네를 흡
족해하셨네."

소유는 너무 놀라 한동안 대답을 하지 못했다. 하지만 곧 정신을
가다듬고 머리를 조아리며 아뢰었다.

"폐하, 저는 이미 정 사도의 딸과 혼인을 약속했습니다."

소유가 당연히 혼담을 받아들일 것이라고 생각했던 황제는 뜻밖의
대답에 놀랐다. 황제는 화가 났지만 다시 생각해 보라고 할 수밖에
없었다. 다음 날에도 소유의 대답은 변하지 않았다.

"아직 혼인식을 한 것도 아니니 없던 일로 하고, 난양 공주와 결혼
할 준비를 하여라. 그것이 신하된 도리이니라."

하지만 소유의 뜻은 완고했다. 결혼하지 않겠다는 뜻을 거듭 밝히

고, 상소문까지 올리자 황제는 참을 수 없다는 듯이 소리쳤다.

"여봐라! 양 소유를 감옥에 가두어라!"

신하들이 황제를 말렸지만 소용없었다. 소유가 옥에 갇힌 채 몇 달이 흘렀다. 그즈음 변방에 있는 오랑캐들이 쳐들어와 나라를 쑥대밭으로 만들었다. 황제가 신하들에게 방법을 생각해 보라고 했지만 아무도 뾰족한 수를 내놓지 못했다.

"어쩔 수 없구나. 양소유를 다시 불러오너라."

황제 앞에 꿇어앉은 소유는 우렁찬 목소리로 말했다.

"폐하, 제게 삼만의 군사를 주시면 오랑캐를 무찌르고 오겠습니다."

전장에 나간 소유는 화살을 쏴 오랑캐 장수의 심장을 꿰뚫었다. 놀란 오랑캐 군사들이 뿔뿔이 흩어져 달아났다. 소유는 치르는 전투마다 큰 승리를 거두었다. 마침내 오랑캐를 쫓아내는 데에 성공했지만, 소유는 궁궐로 돌아가지 않았다. 그 대신 적진 깊숙이 들어가 오랑캐 나라를 함락시키고 오겠다는 상소를 올렸다. 황제는 소유의 벼슬을 높여 주고 무기와 군사를 더 내주었다.

오랑캐 정벌이 한창이던 어느 날 밤이었다. 소유가 병서(전쟁에서 군사를 지휘하는 방법에 대해 쓴 책)를 읽고 있는데 찬바람이 불더니 촛불이 꺼졌다. 뒤이어 공중에서 여자가 칼을 들고 내려왔다. 도술을 부릴 줄 아는 자객이었다. 소유는 깜짝 놀랐지만 태연한 척 물었다.

"너는 누구냐?"

"나리의 목을 베러 왔소."

"대장부가 어찌 죽음을 두려워하겠느냐? 어서 가져가거라."

소유를 노려보던 여자가 발밑에 칼을 던지고 무릎을 꿇었다. 흐르는 머리카락 사이로 보이는 얼굴을 보니 아름답기 그지없었다. 소유가 왜 이런 일을 벌였는지 물었다.

"제 이름은 심요연입니다. 제 스승님께서는 제가 검술로 인생의 연분을 만나게 될 것이라고 말씀하셨습니다. 얼마 전 나리의 목을 가져오라는 방이 붙었을 때, 저는 기회를 놓칠 수 없었습니다. 다른 검객들을 모두 제치고 자객으로 뽑혀 이렇게 온 것입니다. 부디 저를 용서하시고 거두어 주십시오."

소유는 요연의 진심 어린 말에 그러겠노라고 대답했다. 며칠 뒤, 요연은 스승님께 마지막 인사를 드리고 오겠다면서 소유에게 당부했다.

"돌아가시는 길에 반사곡이라는 좁은 골짜기를 지나게 될 것입니다. 길이 좋지 않으니 조심하시고 물은 꼭 새 우물을 파서 드십시오."

모든 것은 꿈과 같아라

소유의 군대는 곧 반사곡에 이르렀다. 군사들은 힘이 들기도 하고,

목도 말라 지칠 대로 지쳐 있었다. 그때, 눈앞에 연못이 나타났다. 군사들은 달려가 손으로 연못의 물을 떠 마셨다. 그러고는 곧 파랗게 질려서 쓰러지기 시작했다. 소유는 요연의 말대로 새로 우물을 파게 했지만 물은 쉽게 솟구치지 않았다.

그때, 어디선가 북과 꽹과리 소리가 크게 울리더니 여자아이 둘이 나타났다.

"동정호 용왕의 따님께서 나리를 뵙고자 합니다."

소유는 연못가에서 여자아이들이 준비해 온 말에 올라탔다. 말은 위로 한 번 솟구치더니 그대로 연못 안으로 빨려 들어갔다. 곧 용왕의 딸이 소유를 맞이했다.

"저는 동정호 용왕의 딸 백능파입니다. 원래는 선녀였는데, 죄를 지어 용왕의 딸로 태어났답니다. 저는 이곳에서 덕을 쌓아 좋은 낭군님을 만나길 기다렸습니다. 그런데 남해 용왕의 아들이 저와 혼인하겠다고 나섰습니다. 어쩔 수 없이 저는 이 연못으로 피해 간절히 빌었습니다. 제 소원이 하늘에 닿았는지 그 뒤로 누구도 연못에 들어오지 못하게 되었습니다. 또 제가 사람들을 막기 위해 연못 물을 더럽혔습니다."

"그래서 내 군사들이 그리되었구나."

"이제 나리께서 오셨으니 평생 함께할 낭군님을 찾은 것 같습니다. 연못 물도 다시 달고 맑게 돌려놓겠습니다."

소유는 능파의 전생 이야기가 왠지 낯설지 않았다. 오늘의 일도 하늘의 뜻이라고 생각하고 능파의 손을 잡아 주었다. 그때, 또다시 북소리가 들리더니 남해 용왕의 아들이 쳐들어온다는 전갈이 왔다. 소유는 힘차게 나가 연못의 물살을 갈랐다. 남해 용왕의 아들은 소유와 그 군대의 힘에 놀라 맥없이 항복하고 말았다.

"내 한 번은 살려 줄 것이니 다시는 백능파의 곁에 얼씬도 하지 말거라!"

골칫거리를 해결해 준 소유에게 동정호 용왕은 성대한 잔치를 열어 주었다. 그리고 연못에 걸렸던 저주도 풀려서 군사들의 병도 회복되었다. 새로운 물을 마시고 더욱 기세가 오른 소유의 군사들은 오랑캐를 토벌하는 데 성공했다. 그 소식이 조정에 전해지자 모두가 소유를 칭송했다. 그럴수록 황제와 태후의 아쉬운 마음은 커졌다. 하루는 태후가 황제와 난양 공주에게 말했다.

"양소유와 난양의 혼인을 진행하고, 정 사도 댁 규수에겐 다른 좋은 짝을 찾아 주는 것이 어떤가?"

황제와 난양 공주 모두 도리에 어긋나는 일이라며 반대했다. 그때, 난양 공주가 조심스럽게 말을 꺼냈다.

"예부터 대장부는 부인을 많이 두어도 괜찮지 않습니까? 저와 정 규수가 모두 양 상서와 혼인을 하는 것은 어떻습니까?"

"너는 공주이고 정 규수는 신하의 딸이다. 신분이 달라 격이 맞지 않는구나."

"어머니, 제가 정 규수를 한번 만나 보겠습니다. 덕이 높고 품행이 단정하다면 신분은 상관없을 듯합니다."

"그렇게 하려무나."

그즈음 경패는 소유와의 혼인이 성사되지 못할까 걱정하며 힘든 날들을 보내고 있었다. 그러던 어느 날, 어린 여자아이가 족자를 팔겠다며 찾아왔다. 경패는 아이가 내놓은 족자를 보고 깜짝 놀랐다. 수놓는 솜씨가 보통이 아니었던 것이다. 누가 이렇게 아름다운 수를 놓았는지 묻자 자신이 모시는 이 규수가 놓은 것이라고 대답했다. 집 안이 어려워 돈을 벌기 위해 팔고 있다는 것이다.

경패는 비싼 값에 족자를 사며 가끔 놀러 오라고 했다. 그 후로 여자아이는 이 규수의 수를 들고 경패의 집에 종종 들렀다. 그럴수록 경패는 이 규수를 직접 보고 싶은 마음이 커져만 갔다. 드디어 이 규수가 경패의 집을 찾아왔다. 경패와 이 규수는 만나자마자 가까워졌다. 시중을 드는 춘운까지 모이면 마치 세 명의 선녀가 이야기를 하는 것 같았다.

며칠 뒤 뜻밖의 소식이 전해졌다. 태후가 경패를 찾는다는 것이었다. 경패는 서둘러 준비를 끝내고 입궐했다. 태후는 경패를 반갑게 맞이했다.

"그동안 규수에 대한 소문을 많이 들었다오. 그래서 직접 이야기를 나누고 싶었지."

태후의 이런저런 질문에 경패는 차분하게 대답했다. 그러자 태후가 빙그레 웃었다.

"과연, 내 딸이 사람을 볼 줄 아는구나."

그때, 누군가 태후의 옆으로 걸어왔다. 경패가 고개를 들자 낯익은 얼굴이 보였다. 눈을 비비고 다시 봐도 틀림없었다. 이 규수가 바로 난양 공주였던 것이다. 놀란 경패가 머리를 조아리며 말했다.

"공주 마마이신 줄도 모르고 제가 실례를 범했습니다. 꾸짖어 주시옵소서."

"공주가 너와 함께 양 소유를 남편으로 모시겠다는구나. 오늘 너를 보니 공주의 생각이 옳은 것 같구나."

경패는 태후의 말에 놀라 입을 다물지 못했다. 누구보다 난양 공주의 덕과 소양을 잘 알고 있기에 황송할 뿐이었다. 얼마 뒤, 대비는 경패를 양녀로 삼았다. 영양 공주가 된 경패는 난양 공주와 나란히 혼인을 준비했다.

영양 공주는 난양 공주의 시중을 드는 진 궁녀를 보면서 춘운이 그리워졌다. 그 마음을 눈치챈 태후가 춘운을 궁으로 불러들였다. 춘운의 품행과 글솜씨를 본 태후는 흡족해하며 말했다.

"난양의 시중을 드는 진 궁녀도 너처럼 아름답고 글을 잘 쓴단다. 앞으로 영양의 시중을 들면서 자주 만나게 될 터이니 얼굴을 익혀 두어라."

태후 덕분에 진 궁녀와 만나게 된 춘운은 진 궁녀의 사연을 듣고 깜짝 놀랐다. 소유가 말한 진 어사 댁 아가씨와 같은 사람인 것 같았기 때문이다.

"외람되지만 혹시 진 어사 댁의 채봉 아가씨가 아니신지요?"

진 궁녀가 놀라워하자 춘운은 소유에게서 들은 얘기를 전해 주었다. 소유가 자신을 생각하고 그리워했다는 이야기를 듣자 채봉은 눈물을 흘렸다.

오랑캐를 정복하고 금의환향한 소유는 뜻밖의 소식을 들었다. 경패가 이미 이 세상 사람이 아니라는 것이었다. 소유는 생각지도 못했던 상황에 정신이 아득해졌다. 황제가 시름에 빠져 있는 소유를 불렀다.

"정 규수의 일은 전해 들었네. 안타까운 일이지만 이제 난양 공주와의 혼인을 더 미루지 말게나."

소유는 어두운 표정으로 고개를 숙였다. 그러자 황제가 한마디 덧붙였다.

"그리고 양 승상은 몰랐겠지만 내게 여동생이 한 명 더 있다네. 승상이 워낙 좋은 남편감이라 영양 공주도 자네와 혼인시키고 싶네."

졸지에 두 명의 공주와 혼인하게 된 소유는 너무나 당황스러웠다. 하지만 더 이상 황제의 명을 거절하기는 힘들었다. 혼례식 당일, 난양 공주와 영양 공주 그리고 태후의 배려로 숙의(후궁에게 내리던 작호)가 된 진 궁녀까지 소유를 맞이하기 위해 단장을 하고 서 있었다. 혼례식장에서 영양 공주의 얼굴을 본 소유는 깜짝 놀랐다. 죽은 줄로만 알았던 경패가 미소를 짓고 있는 게 아닌가! 알고 보니 이 모든 일이 태후의 장난이었다.

아름다운 난양 공주에, 경패까지 부인으로 맞이한 소유는 너무나 기뻤다. 그런데 기쁘면서도 어쩐지 마음 한구석이 허전했다.

첫날은 난양 공주와, 둘째 날은 영양 공주와 밤을 보낸 소유는 셋째 날이 되어 진 숙의와 함께하기 위해 방에 들어섰다. 진 숙의의 얼굴을 가까이서 본 소유는 또다시 놀라고 말았다. 오랜 시간을 그리워했던 채봉을 이렇게 만나게 될 줄은 꿈에도 몰랐던 것이다. 소유와 채봉은 그 긴 시간에 대한 이야기를 나누느라 동이 트는 줄도 몰랐다.

난양 공주, 영양 공주, 채봉에 춘운까지, 이들과 함께하는 시간은 더없이 즐거웠다. 하지만 소유에게는 미래를 약속한 인연이 네 명 더 있었다. 부인들에게 계섬월과 적경홍에 대한 이야기를 했더니 흔쾌히 함께하자고 했다. 부인들은 섬월과 경홍의 아름다움과 재주에 반해 오랜 친구처럼 가까워졌다. 다만 심요연과 백능파의 연고는 알 길이 없었다.

그러던 어느 봄날, 모두 함께 소풍을 갔는데 그곳으로 심요연과 백능파가 찾아왔다. 그렇게 소유와 여덟 여인들은 한 몸인 듯 더불어 아름다운 인연을 이어 갔다.

시간은 흐르고 흘러 소유는 사랑, 명예, 성공, 모든 것을 손에 넣었다. 하지만 어쩐지 그 모두가 덧없게 느껴졌다. 그 마음이 자신도 모르게 흘러나왔는지, 통소 소리도 서글퍼졌다. 소유는 정자에 부인들을 앉혀 놓고 자주 꾸는 꿈에 대해 이야기했다.

"요즘 부처님에 관한 꿈을 계속해서 꿉니다. 이 모든 권세와 명예가 덧없게 느껴지니 아무래도 부처님께 귀의해야 하나 봅니다."

여덟 부인들은 소유의 뜻을 존중하며 소유의 잔에 이별주를 따랐다. 그때, 어디선가 지팡이 소리가 들렸다. 고개를 들어 보니 늙은 스님이 지팡이를 짚고 정자로 올라오고 있었다.

"스님은 누구신지요?"

"오래된 벗을 몰라보신단 말입니까? 그대는 아직도 꿈속이군요."

스님이 지팡이로 정자의 돌계단을 두어 번 치니 하늘이 꺼지고 땅이 솟구쳤다. 깜짝 놀란 소유가 눈을 뜨자 정자도 술도 여인들도 다 사라지고 없었다. 제 몸을 훑어 보니 낡은 승복과 염주만을 걸치고 있을 뿐이었다.

'아, 그 모든 것은 꿈이었구나! 나는 양소유가 아니라 불도를 닦는 성진이었어.'

꿈에서 깬 성진은 다시 육관 대사 앞으로 나아갔다. 육관 대사가 빙그레 웃으며 성진에게 물었다.

"그래, 인간 세상에서 권세를 누리고 사는 삶이 어떠했는가?"

"모두 헛될 뿐입니다. 제가 부족한 탓에 큰 죄를 지었습니다."

"꿈을 통해서 가르침을 얻었다면 다행이구나."

그때, 화장을 지우고 머리를 깎은 팔선녀가 육관 대사 앞에 무릎을 꿇었다. 그러고는 자신들도 제자로 받아 달라고 간청했다. 그날 이후로 성진과 팔선녀는 부지런히 부처님의 말씀을 배우며 불도를 닦아 나갔다. 훗날 육관 대사의 뒤를 이어 큰스님이 된 성진은 훌륭한 여승이 된 팔선녀와 함께 열반에 올라 극락세계로 갔다.

구운몽
부록

원전을 기본으로 하나 어려운 한자와 이해하기 힘든 부분은 풀어서 썼습니다. 또한 미루어 짐작할 수 있는 상황은 대화나 인물의 심리 상황을 추가해 고전에 쉽게 접근했습니다.

들어가기

장면1.

남학생 : 나는 커서 돈을 많이 벌고 싶어! 남들이 부러워할 직장도 다니고 여자 친구도 많이 사귈 거야!

여학생 : (코웃음 치며) 여자 친구들이 너를 만나 준대?

남학생 : 내 첫 번째 여자 친구가 될 기회를 너에게 줄게. 어때?

여학생 : 나는 관심 없어!

남학생 : 후회할 텐데? (멀어지는 여학생의 등에다 소리친다) 진짜지? 두 번 안 물어본다?

장면2.

선생님 : 우리 ○○이는 어른이 되면 그런 것들을 얻고 싶구나? 돈이랑 명예, 예쁜 여자 친구? 하하하, 그 모든 것을 이뤘다가 하룻밤의 꿈에서 깨어난 인물이 떠오르는구나.

여학생 : 선생님! 〈구운몽〉의 양소유를 말씀하시는 건가요?

선생님 : 그렇지! 〈구운몽〉은 〈사씨남정기〉를 쓴 조선 시대 문신 김만중이 쓴 애정 소설이야. 육관 대사 밑에서 불도를 닦던 성진이 인간 세계로 귀양을 가게 된단다. 그곳에서 여덟 여인과 사랑을 나누고, 부귀영화도 누리지만 그것이 모두 꿈이었다는 것을 깨닫고 다시 부처님 말씀을 공부하는 데 힘을 쏟는다는 교훈적인 내용이지.

남학생 : 하지만 제가 원하는 것은 하룻밤 꿈이 아닌걸요!

선생님 : 그래, 하지만 많은 돈을 벌어 어떻게 유익하게 쓰고 싶은지, 높은 명예를 이용해 누구를 돕고 싶은지 생각해 보는 것은 어떨까?

남학생 : (생각에 빠진 표정) 선생님 말씀이 맞는 것 같아요. 저는 너무 물질적인 것만 좇았나 봐요. 이제는 내실을 다져 볼게요!

장면3.

남학생 : 그런 의미로 제가 〈구운몽〉으로 삼행시를 지어 봤어요!

구 : 〈구운몽〉은 조선 시대 문신 서포 김만중이 지은 한글 소설이면서, 양소유와 여덟 부인의 사랑을 그린 애정 소설이기도 해요. 삶의 순간마다

운 : 운명처럼 만난 양소유와 여덟 부인은 서로에게 힘이 되

　　어 주며 사랑과 명예, 권세까지 다 이루었지요. 하지만 양

　　소유가 누린 것들은 모두 꿈속에서 얻은 것이었죠. 그 모

　　든 부귀영화는 꿈에서 깨어난 것처럼

몽 : 몽롱하고, 잡히지 않는 덧없는 것이었답니다. 깨달음을

　　얻은 성진은 다시 불도를 닦아 극락으로 갔답니다!

여학생 : 아주 잘하는데?

선생님 : 좋았어! 그럼 〈구운몽〉에 대해서 더 알아볼까?

고미담
고전은 미래를 담은 그릇

고전 소설 속으로

〈구운몽〉은 조선 숙종 때의 문신이자 소설가였던 서포 김만중이
창작한 한글 소설이자 애정 소설이다. 육관 대사의 제자 성진이 도를
닦는 중에 속세에 마음을 둬 인간 세계로 추방당한 뒤, 그곳에서의
일들이 모두 꿈인 것을 깨닫고 인생의 참된 의미를 찾는 내용이다.
김만중이 귀양 갔을 때 혼자 계실 어머니가 적적하실까 봐 쓴 소설이
기에 재미뿐 아니라 작품성도 놓치지 않은 작품이다.

1) 〈구운몽〉은 왜 한글로 쓰였을까?

〈구운몽〉의 작가인 서포 김만중은 사대부였다. 조선 시대 사대부들은 한글을 언문(諺文)이라고 부르며, 한문보다 급이 낮다고 여겼다. 한글은 일반 백성이나 아녀자가 쓰는 것이지 사대부가 쓰는 문자가 아니라고 생각했기에, 세종이 한글을 창제하고 난 뒤에도 공문서는 한문으로 작성되었다. 그럼에도 불구하고 〈구운몽〉은 왜 한글로 창작된 것일까? 두 가지로 그 이유를 짐작할 수 있다.

첫째, 〈구운몽〉이 김만중의 귀양으로 적적하실 어머니를 위해 창작된 것이기 때문이다. 당시 한글은 주로 여성들이 사용한 문자였으니 이는 당연한 선택이었을 것이다.

둘째, 김만중이 평소 한글의 중요성을 강조했기 때문이다. 김만중은 '다른 나라의 말로 시문을 짓는다면 이는 앵무새가 사람의 말을 흉내 내는 것이나 다름없다'고 말하며 한자를 숭배하고 한글을 낮게 보는 풍토를 비판했다. 여기에는 한글을 사용하는 백성들을 사랑하는 김만중의 마음이 담겨 있다고 볼 수 있다.

2) 〈구운몽〉 제목의 뜻

소설의 제목을 짓는 것은 쉽지 않은 일이다. 작품이 의도하는 바를 함축적으로 드러내야 하지만, 내용을 모두 알려 주어서도 안 되기 때문이다. 적당히 호기심을 불러일으키면서도 읽기도 전에 내용 전체를 파악할 수는 없게 하는 것이 중요하다. 그런 의미에서 〈구운몽〉은 훌륭한 제목이다.

'구운몽(九雲夢)'은 '아홉 구름의 꿈'이라는 뜻이다. 아홉은 성진과 팔선녀를 의미한다. 구름은 인생을 비유적으로 표현한 것이다. 어디서 생겼는지, 어디로 흘러가는지, 어떻게 사라지는지 모를 구름이 우리의 인생과 비슷하다는 은유이다. 꿈은 그런 구름과 같은 인생사가 하룻밤의 꿈처럼 덧없다는 것을 의미한다. 종합하면, 성진과 팔선녀의 구름처럼 흐르고 꿈처럼 덧없는 인생사를 말하는 것이다.

하지만 인생이 정말 덧없기만 한 것일까? 성진은 사랑, 부귀영화에 대한 궁금증으로 인간 세상에 떨어졌다. 이후 성진은 자신이 원하던 모든 것을 얻었지만 그것이 영원하지 않다는 것을 깨닫는다. 우리가 살아가는 이유가 단지 보이는 것에만 머문다면 그것은 물질을 좇는 삶일 뿐이다. 물질적인 것보다 더 깊은 것을 추구하며 사는 것, 그것이 구운몽이 말하고자 하는 진정한 교훈일지도 모르겠다.

3) 꿈과 관련된 사자성어

〈구운몽〉은 대표적인 '꿈의 문학'이다. 양소유가 된 성진이 인간 세상에서 겪는 모든 일들이 꿈이었고, 이를 통해 깨달음을 얻는다는 이 이야기는 꿈을 꾸고, 거기서 깨어나야만 완성된다. 이렇듯 〈구운몽〉

은 꿈과는 뗄 수 없는 작품이다. 그렇다면 〈구운몽〉처럼 꿈과 관련된 사자성어에는 무엇이 있을까?

일장춘몽(一場春夢) : 한바탕의 봄 꿈. 모든 부귀영화가 봄에 꾸는 꿈처럼 사라진다는 뜻이다. 중국 송나라 최고의 문장가였던 소동파가 유배 생활을 했을 때의 일이다. 어느 날, 소동파가 큰 표주박을 하나 차고 산책을 하다가 노파를 만났다. 노파는 한때 문장으로 세상을 주름잡던 소동파가 초라한 모습이 된 것을 보고 "지난날의 부귀영화는 그저 한바탕 꿈에 지나지 않는구나."라고 말했다.

남가지몽(南柯之夢) : 남쪽 나뭇가지에 걸린 꿈. 부귀영화가 꿈처럼 덧없음을 의미한다. 중국 당나라 사람 순우분이 술에 취해 집 근처 느티나무 밑에서 잠을 청했다. 꿈속에서 그는 괴안국 왕을 만나 사위가 되고, 남가군의 태수가 되어 권세와 부귀영화를 누렸다. 어느 순간 꿈에서 깨어 보니 집 근처 느티나무 밑이었다. 꿈에서 깨어난 순우분은 "부귀영화가 느티나무 나뭇가지에 걸린 꿈과 같다."라고 말했다.

호접지몽(胡蝶之夢) : 나비가 된 꿈, 나비의 꿈. 중국의 사상가 장자가 어느 날 나비가 되어 꽃밭에서 신나게 노는 꿈을 꾸었다. 그 꿈이 어찌나 생생하던지 꿈에서 깨고 나서도 '나 장자가 나비가 된 꿈을 꾼 것인가,

나비가 인간 장자가 되는 꿈을 꾼 것인가?' 하고 고민했다. 내가 나비이고, 또 나비가 나이기도 한 물아일체(物我一體) 사상은 결국 모두가 같은 존재일 뿐, 그것을 구별 짓는 것은 무의미하다는 것을 뜻한다.

담고 싶은 이야기

〈구운몽〉은 '일장춘몽', '인생무상'으로 함축되는 내용을 담고 있다. 그렇다면 어차피 깨어나면 꿈일 인생이니 아무것도 욕망하지 않고 살아야 하는 것일까? 그런 단순한 해석은 〈구운몽〉에 담긴 깊은 의미를 제대로 파악하지 못한 탓에 나온다. 육관 대사가 성진에게 알려 주고자 한 것은 부귀영화만을 좇는 삶은 헛되며, 욕망과 집착을 버려야 그다음 단계로 나아갈 수 있다는 교훈이었다. 물질보다 더 중요한 삶의 본질에 다가서는 것이야말로 김만중이 육관 대사와 성진의 입을 빌려 말하고자 했던 바이다.

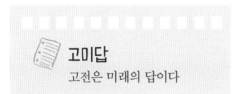

고미답
고전은 미래의 답이다

고민해 볼까?

〈구운몽〉이 창작된 조선 시대에는 정해진 국교가 없었지만, 유교 사상이 일상생활에 깊이 스며 있었다. 작가인 김만중조차도 성리학을 공부한 사대부였으니 말이다. 그렇지만 〈구운몽〉은 유교적 사상만으로 창작된 작품은 아니다. 〈구운몽〉에서는 유교, 불교, 도교의 사상을 모두 엿볼 수 있다.

육관 대사와 성진이 불도를 닦는 것, 극락과 지옥의 존재, 팔선녀가 머리를 깎고 여승이 된 것은 모두 불교의 영향을 받은 것이다. 성진이 성진으로 존재할 때, 즉 꿈을 꾸기 전과 꿈에서 깨고 난 후의 내용은 불교적 색채가 짙다.

그런가 하면 성진이 양소유로 존재할 때, 즉 꿈속에서의 삶은 온전하게 유교의 질서를 따른다. 양소유가 과거 시험을 통해 관직에 나가고자 하는 것, 한시를 짓고 즐기는 행위가 일상적인 것, 큰 공을 세워 입신양명하고자 하는 것, 여덟 부인을 거느리는 일부다처제 등은 유교적 바탕에서 나온 내용이다.

한편 옥황상제, 용왕, 선녀 등의 개념, 성진과 심요연의 도술 등에서는 도교적 특징이 엿보이는데, 이는 꿈과 현실의 여부와는 상관없이 작품 곳곳에 스며들어 있다.

이러한 특징은 작가 김만중이 당시 이단시되던 불교나 패서(悖書, 사리나 도리에 어긋난 사실을 적어서 세상을 어지럽히는 책) 등에 관심을 보였던 사실과 연결 지을 수 있다. 김만중의 넓은 지식과 다양한 관심사가 그의 소설을 동시대의 작품들보다 깊고 풍성하게 만들어 준 것이다.

미처 생각하지 못한 질문

1. 여러 사람을 동시에 사랑하는 것이 가능할까? 양소유가 여덟 명
   의 배우자를 둔 것에 대한 의견을 나눠 보자.
2. 지금까지의 삶이 다 꿈이었다면 어떨까?
3. 이 소설의 주인공은 사랑과 권세, 부귀영화를 다 누리고 살아 본
   양소유일까, 아니면 일장춘몽을 깨닫고 열반에 오른 성진일까?

답을 찾아 한 걸음씩 나아가기

〈구운몽〉은 인간 세상에서의 삶을 한순간의 꿈으로 표현한다. 명예, 물질, 사랑은 다 덧없는 것이니 모든 것을 떨치고 욕망이 없는 삶으로 나아가자고 말한다. 불교에서는 모든 욕심을 버리고 해탈, 열반의 경지에 이르는 것을 추구한다. 하지만 욕망과 욕심이 모두 나쁘기만 한 것일까?

• **욕망이란 나쁜 것일까?**

1. 욕망의 사전적 의미를 알아보자.

2. 어떤 것에도 욕망을 갖지 않는 게 가능할까?

3. 욕망을 어떻게 긍정적으로 사용할 수 있을까?

교과서에 나오는 우리 고전 새로 읽기 6

초판 1쇄 인쇄 2020년 7월 20일
초판 1쇄 발행 2020년 7월 23일

글쓴이 엄예현
그린이 김주경
펴낸이 김옥희
펴낸곳 아주좋은날
편집 이지수
디자인 안은정
마케팅 양창우, 김혜경

출판등록 2004년 8월 5일 제16-3393호
주소 서울시 강남구 테헤란로 201, 501호
전화 (02) 557-2031
팩스 (02) 557-2032
홈페이지 www.appletreetales.com
블로그 http://blog.naver.com/appletales
페이스북 https://www.facebook.com/appletales
트위터 https://twitter.com/appletales1
인스타그램 appletreetales

ISBN 979-11-87743-85-9 (44800)
ISBN 979-11-87743-75-0 (세트)

이 도서의 국립중앙도서관 출판예정도서목록(CIP)은 서지정보유통지원시스템 홈페이지(http://seoji.nl.go.kr)와
국가자료공동목록시스템(http://www.nl.go.kr/kolisnet)에서 이용하실 수 있습니다.
(CIP제어번호 : CIP2020027309)

아주좋은날 은 애플트리태일즈의 실용·아동 전문 브랜드입니다.

┌─ 어린이제품 안전특별법에 의한 기타 표시사항 ──────────────┐
품명 : 도서 | 제조 연월 : 2020년 7월 | 제조자명 : 애플트리태일즈 | 제조국 : 대한민국
사용연령 : 13세 이상 | 주소 : 서울시 강남구 테헤란로 201, 5층(02-557-2031)
└─────────────────────────────────────┘